Inhalt

Die unscheinbare Alexandra kann ihr Glück kaum fassen. Ausgerechnet der begehrteste Junggeselle Londons, Lord William Wales, hat um ihre Hand angehalten.

Doch eine Woche vor ihrer Hochzeit erwischt sie ihren Verlobten in flagranti. Enttäuscht und verletzt zieht sie sich aus der gehobenen Gesellschaft zurück.

Als Alexandra in der Zeitung eine Annonce entdeckt, wird ihr Interesse geweckt. Gesucht werden Mitarbeiter für das Kinderheim *Paradise* in Mexiko. Nachdem sie die Zusage erhalten hat, beschließt sie, London den Rücken zu kehren.

Der Umgang mit den Kindern zeigt ihr endlich einen Sinn in ihrem Dasein. Auch ist sie sehr geschmeichelt, als der charmante Ramón Interesse an ihr zeigt.

Wäre da nicht der ungehobelte und mürrische Hausbetreuer Clint, der ihr das Leben schwer macht, könnte sie ihren Aufenthalt in Mexiko

genießen.
Als sie eines Tages eine falsche Entscheidung trifft, setzt sie nicht nur ihr Leben aufs Spiel, sondern auch das eines der Kinder des Waisenhauses. Wird es Alexandra schaffen, einen Ausweg zu finden?

Kapitel 1

Ich stand vor dem opulenten Spiegel des Brautmodegeschäftes, als meine Mutter neben mich trat. »Wer hätte gedacht, dass du dermaßen reizend aussehen könntest, Alexandra?« Sie stieß ein verzücktes Seufzen aus.

Das war das größte Kompliment, das mir Emily Ward jemals hätte machen können.

Stets musste ich mir ihre Vorhaltungen bezüglich meines Äußeren anhören. Zum Leidwesen meiner Mutter hatte ich nicht das britische, genau genommen zierliche Aussehen von ihr geerbt, sondern das der spanischen Vorfahren meines Vaters. Mein Körper besaß zu viele Rundungen, um als der einer englischen Dame zu gelten.

Doch selbst ich musste mir eingestehen, dass ich umwerfend aussah und das Brautkleid meinen Körper perfekt umschmeichelte.

Beginnend mit meinen dunkelbraunen Haaren, die mir hochgesteckt worden waren, wodurch mein Hals länger erschien, als er tatsächlich war. Meine große Oberweite wurde ebenfalls durch das perlenbesetzte Mieder gekonnt in Szene gesetzt, ohne vulgär zu wirken. Zudem kaschierte das ausgestellte Rockteil meine ausladenden Hüften.

Niemand hätte jemals für möglich gehalten, dass ich noch vor meiner älteren Schwester Luise heiraten würde. Schon gar nicht ich selbst. Noch dazu einen Mann, der adelig war.

Lord William Wales war ein Gentleman durch und durch und ich konnte es immer noch nicht recht begreifen, dass er gerade mich als die Frau an seiner Seite auserkoren hatte.

Näher kennengelernt hatten wir uns vor einem Jahr bei der Spendengala für bedrohte Tierarten im Hause der Mannors. Seit Jahren galt William als der begehrteste Junggeselle der Londoner Gesellschaft und mich hatte er an jenem Abend zum Tanz aufgefordert.

Die Monate danach waren mit unzähligen Blumenlieferungen, Tanzabenden und romantischen Spaziergängen mit ihm gespickt gewesen.

Das alles war nicht nur für mich überwältigend, darüber hinaus empfand ich es als Genugtuung, dass die anderen Debütantinnen mich seit diesem Zeitpunkt beneideten. Viel zu oft war ich von den aristokratischen Schönheiten ausgegrenzt worden.

Während eines Spazierganges im Park vor vier Monaten war William vor mir auf die Knie gefallen. »Du bist die Frau, mit der ich den Rest meines Lebens verbringen möchte. Alexandra, wirst du mir die Ehre erweisen und meine Frau werden?«

Ich war fast in Ohnmacht gefallen, hatte jedoch überglücklich »Ja, ich will!« mit Tränen in den Augen ausgerufen.

Letztendlich war William meinem Vater vorstellig geworden und hatte gemäß der Anstandsregeln um meine Hand angehalten.

Die Verlobungsfeier vor drei Monaten war *das* gesellschaftliche Ereignis gewesen. Seither schwebte ich immer noch in den Wolken und wusste, dass mein Leben nicht perfekter sein konnte.

Als Jüngere von zwei Töchtern war ich zwar

begütert aufgewachsen, doch nach meiner Heirat mit William würde ich die Anerkennung bekommen, die mir sowie meinen Eltern stets verwehrt geblieben war. Ich wäre dann adelig und würde den Titel Lady William Wales tragen. Allein diese Vorstellung brachte alles in mir zum Kribbeln.

Mit einem strahlenden Lächeln blickte ich meine Mutter durch den Spiegel an. »Das Kleid ist perfekt, Mama.«

Bevor sie darauf etwas erwidern konnte, erschien die Inhaberin des Brautmodegeschäftes, Miss Elliot. »Verzeihen Sie bitte die Störung, aber soeben ist Lord Wales erschienen, um seine Verlobte abzuholen.«

Miss Elliot, eine verknöcherte Frau, die selbst nie geheiratet hatte, blickte mit gekräuselten Lippen in meine Richtung. Anscheinend konnte sie nicht begreifen, dass ein dermaßen attraktiver Mann wie William eine so unelegante Verlobte hatte. Derartige Blicke wurden mir in letzter Zeit zur Genüge zugeworfen.

Ich stieß beim Gedanken daran ein Seufzen aus, während meine Mutter plötzlich wie ein

aufgescheuchtes Huhn hin und her lief. »Schnell, Alexandra, du darfst den Lord nicht warten lassen.«
Ich rollte mit den Augen, denn ein paar Minuten konnte William durchaus auf mich verzichten. Gesellschaft würde er haben, denn Miss Elliot unterhielt ihn mit ziemlicher Sicherheit sehr gerne, wie ich mir vorstellen konnte. Sie war direkt, nachdem sie uns die Nachricht überbracht hatte, hinaus gehuscht.
Sobald ich mich, mit der Hilfe meiner Mutter, aus dem Brautkleid geschält hatte und wieder mein dunkelblaues Wickelkleid überstreifte, verschwand auch sie, um ihren Schwiegersohn in spe zu begrüßen.
Ich warf nochmals einen Blick in den Spiegel und fragte mich nicht zum ersten Mal, was William in mir sah.
Ich zuckte mit den Schultern, denn es war unsinnig, sich darüber Gedanken zu machen. Letztendlich hatte er von all den Schönheiten der Gesellschaft mich auserwählt. Das war alles, was zählte.

Kapitel 2

Kaum betrat ich den Vorraum des Geschäftes, musste ich ein Stöhnen unterdrücken. Nicht nur meine Mutter, sondern die gesamte weibliche Belegschaft versuchte, die Gunst meines Verlobten zu erlangen. William saß in einem Sessel, den schnatternden Weibern gegenüber. Selbst meine Mutter benahm sich in Gegenwart von William stets wie ein kicherndes Mädchen. Das war peinlich und unwürdig für eine Frau ihres Alters, wie ich fand.

»William?« Sobald er meine Stimme hörte, drehte er seinen Kopf in meine Richtung und seine hellen, grünen Augen blickten mich erheitert an. Wie immer war ich von seinem Anblick überwältigt.

Nicht nur, dass er in seinem dunkelblauen Anzug eine attraktive Erscheinung war, auch seine angenehme ruhige Art gefiel mir sehr. Nie hatte ich ihn aufbrausend oder die Stimme erhebend erlebt. Zwar wusste er um sein gutes Aussehen und dass sich die Frauenwelt stets

um ihn scharrte. Aber er war selbstverständlich viel zu höflich, um sich ihnen zu entziehen.
»Alexandra, meine Liebe.« Er stand auf und verbeugte sich vor den Frauen mit einem: »Meine Damen, bitte entschuldigen Sie mich, denn ich habe eine Verabredung mit meiner Verlobten«.
Er kam zu mir und gab mir einen Kuss auf die Wange, wobei ich ein kollektives Seufzen der anwesenden Frauen hörte. Ich musste mir das Lachen verkneifen, als William mir grinsend zuzwinkerte.
Nachdem wir uns von den verzückten Frauen im Geschäft sowie meiner Mutter verabschiedet hatten, traten wir hinaus auf die Straße. Heute war ein milder Frühlingstag in London und ich genoss die Sonnenstrahlen auf meinem Gesicht.
»Wie wäre es, wenn wir einen Spaziergang im Park unternehmen?«, fragte er. »Anschließend würde ich dich gerne zu einer Tasse Tee entführen, bevor ich mich wieder meinen Geschäften widmen muss.«

»Das klingt wundervoll, William. Nur die Tatsache, dass du heute noch arbeiten musst, finde ich sehr schade. Es ist schließlich Wochenende.«

William betrieb gemeinsam mit seinem Bruder Harold die Anwaltskanzlei der Familie Wales. Und seitdem sich sein Vater zur Ruhe gesetzt hatte, arbeitete William in meinen Augen viel zu viel.

»Keine Sorge, meine Liebe, heute Abend stehe ich ganz zu deiner Verfügung.«

Ich wollte mir nicht anmerken lassen, dass ich keine Lust hatte, zum heutigen Ball zu erscheinen, und lächelte ihn widerwillig an.

Im Park war es für einen Samstag ziemlich ruhig, nur ein paar Jogger und einige Hundebesitzer waren zu sehen. Während ich mich bei William einhakte, schlugen wir den Weg in Richtung Ententeich ein.

Unterwegs erzählte er mir von einem Fall, bei dem es um die Unterschlagung von mehreren Millionen Pfund ging. Die Verhandlung war für den kommenden Montag angesetzt. Aus diesem Grund musste er mit seinem Bruder heute noch einige Dinge in der Kanzlei durchgehen.

Ich war ungeheuer stolz auf meinen Verlobten, der nicht nur gut aussehend, sondern auch ein exzellenter Anwalt war.

Nachdem wir uns auf eine Bank gesetzt hatten, griff William nach meiner Hand, umschlang sie mit seiner und legte sie auf seinem Oberschenkel ab. Das Gefühl der festen Muskeln, welche ich unter dem Stoff seiner Hose spüren konnte, fühlte sich wundervoll an. Ich konnte kaum den Augenblick erwarten, wenn er mich endlich vollständig zu seiner Frau machen würde. In den letzten Wochen kribbelte beim Gedanken daran alles in mir.

Nachdenklich blickte William zum Teich. Ich genoss es sehr, ihn zu betrachten. Seine aristokratischen Gesichtszüge und sein manchmal melancholischer Ausdruck darin faszinierten mich jedes Mal aufs Neue. Aber heute erschien er mir schweigsamer als sonst. Bis auf die Erzählung zu der Verhandlung nächste Woche hatte er kaum etwas gesagt.

»William, bedrückt dich etwas?«

Ich hatte ihn offenbar aus seinen Gedanken gerissen, denn er drehte ruckartig den Kopf zu mir und schenkte mir ein angespanntes Lächeln. »Nein, meine Liebe, alles bestens.« Mich beschlich das Gefühl, dass er mir nicht die Wahrheit sagte.

Da ich spürte, dass ihn etwas belastete, schmiegte ich behutsam meine Hand an seine Wange. »Du kannst immer über alles mit mir reden, William.« Ich beugte mich hinüber und drückte sanft meinen Mund auf seinen.

Völlig unerwartet drängte William seine Zunge zwischen meine Lippen und begann, mich stürmisch, ja fast schon verzweifelt, zu küssen. Das war das erste Mal in all den Monaten, dass er sich so ungezügelt benahm. Für gewöhnlich waren unsere Küsse eher von zärtlicher, sanfter Natur.

Vielleicht überkam mich gerade deshalb eine ungewohnte Hitze. Ich spürte, dass sich meine Brustwarzen vor Erregung zusammenzogen und empfindlich gegen den Stoff meines Büstenhalters drückten.

Mittlerweile hatte William mir in die Haare

gegriffen. Er zog mich damit näher zu sich, seine Zunge umkreiste wild die meine. Ich war wie im Fieber und konnte nur noch daran denken, dass mich diese aufkeimende Lust extrem berauschte.

Ich hatte kaum Erfahrung mit der körperlichen Liebe, aber genau das war es, was ich bis zum Ende meines Lebens spüren wollte. Jeden einzelnen Tag mit meinem zukünftigen Ehemann. Ich stand ihm in nichts nach und küsste ihn genauso leidenschaftlich zurück, wodurch ich ein Pochen in meinem Schoß spürte. Während ich meine Oberschenkel zusammenpresste, stöhnte ich auf.

Das war der Moment, als William erschrocken zusammenzuckte. Hastig sprang er auf und entfernte sich ein paar Schritte von mir. Aufgewühlt fuhr er sich mit beiden Händen durch die Haare.

»William?« Meine Stimme klang heiser von den Emotionen, die mich gerade überwältigt hatten. Ich hatte Feuer gefangen und mein Körper verlangte nach mehr.

Entgegen meiner eigenen Verzückung blickte

William mich aufgebracht an. »Das war völlig unangemessen, Alexandra, und unserem Stand nicht würdig.«

»Wie bitte?« Ich verstand die Welt nicht mehr. Schließlich hatte er doch damit begonnen, mich so wild zu küssen. Und außerdem, was war denn verkehrt daran? In einigen Wochen waren wir Mann und Frau.

Nachdem er ein paarmal tief durchgeatmet hatte, brachte er sich offenbar wieder unter Kontrolle.

Was ich von mir nicht behaupten konnte, denn in meinem Schoß pochte es immer noch vor Verlangen. Genauso prickelten auch meine Lippen, die sich geschwollen anfühlten.

William setzte sich wieder zu mir, ließ jedoch eine Menge Platz zwischen uns, was mich verletzte. »Alexandra, ich muss mich bei dir entschuldigen. Ich habe mich gehen lassen, doch du kannst beruhigt sein, so ein Verhalten wird nicht wieder vorkommen.«

»Soll es aber«, sagte ich trotzig. »William, bitte, es ist doch schön, wenn wir beide uns auch auf dieser Ebene verstehen. Wir werden bald

verheiratet sein und …«
»Nein!« Ich zuckte unter seinem anklagenden Blick zusammen. »Ich habe dich als meine Braut auserwählt, weil du nicht so bist wie diese liederlichen Frauen der Gesellschaft.«
Ich musste trocken schlucken. Er hatte mich bloß erwählt, weil er dachte, ich wäre prüde und verklemmt? War es das, was William sich von seiner zukünftigen Ehefrau wünschte? Keine Emotionen?
Ich konnte nur mit Mühe meine Tränen zurückhalten, denn er hatte zudem in keiner Weise von Liebe gesprochen. Es beschlich mich das Gefühl, dass ich still den Sex erdulden und seine Nachkommen in die Welt setzen sollte.
Aber nicht mit mir! Nicht umsonst hatte ich das Temperament meiner spanischen Vorfahren geerbt. Er hatte sich geschnitten, wenn ich nach unserer Hochzeit darauf warten würde, dass er mich beglückte, während er eventuell mit irgendwelchen liederlichen Frauen, wie er sie so schön bezeichnet hatte, seine Affären auslebte.

Ich griff energisch nach seiner Hand. »William, ich möchte, dass wir Partner sind, in jeder Hinsicht.«

»Das werden wir, Alexandra. Partner für das ganze Leben. Nur darfst du nicht vergessen, dass meine zukünftige Ehefrau eine Lady sein muss.«

Er erhob sich und zog mich ebenfalls in die Höhe. »Komm, lass uns einen Tee trinken gehen.«

Mir war die Lust darauf vergangen, dennoch lächelte ich ihn an und wir machten uns auf den Weg.

Meine Gedanken überschlugen sich und zum ersten Mal seit unserem Kennenlernen hatte ich nicht diese Schmetterlinge im Bauch, bei der Vorstellung daran, bald mit ihm verheiratet zu sein.

War ich die ideale Frau für ihn? War er eigentlich der richtige Mann für mich?

Ich schüttelte resolut meinen Kopf, um die unliebsamen Gedanken loszuwerden. Natürlich würden wir eine perfekte Ehe führen!

Ich nahm mir ganz fest vor, dass ich jeden Tag

seine Leidenschaft entfachen würde. Genauso wie bei unserem Kuss vor ein paar Minuten.

Kapitel 3

»Alexandra, schlinge dein Essen doch nicht so hinunter«, ermahnte mich meine Mutter. »Man könnte meinen, jemand will es dir wegnehmen. Du solltest ein wenig mehr auf deine Ernährung achten.«

Ich versuchte, mich zu mäßigen, denn ich aß leider zu viel, und viel zu gerne. Vor allem wenn ich frustriert war. Mich beschäftigte immer noch der Kuss von William, den er so abrupt beendet hatte. Er hatte mich überwältigt und ich wollte mehr von diesem aufregenden Gefühl erleben.

Warum wollte William nicht, dass wir uns sexuell ebenso näher kamen wie emotional? Lag es wirklich nur daran, dass es bei den Adeligen verpönt war, ungehemmt seine Gefühle zu zeigen? Ich glaubte es nicht.

Mein Vater stieß ein Grunzen aus und verscheuchte damit meine Überlegungen. »Emily, Alexandra ist doch bald verheiratet, dann braucht sie sich nicht mehr zu mäßigen.« Er

begann daraufhin, über seinen eigenen Witz zu lachen.
Meine Mutter hingegen verzog verärgert das Gesicht. »Ich habe mich auch nicht gehen lassen, George.«
»Ja, meine liebliche Rose, du bist auch eine Ausnahme«, versuchte mein Vater, die Situation zu retten.
Mein Blick fiel auf meine Schwester Luise, die geziemt einen Mikro-Bissen in den Mund schob. Sie war die Kopie meiner Mutter und die ideale Tochter. Schlank, grazil und mit ihren blonden Haaren und blauen Augen eine perfekte englische Dame.
Dennoch hatte sie keinerlei Ambitionen, einen geeigneten Ehekandidaten zu finden. Luise war vollauf damit zufrieden, sich ihrem Jura-Studium zu widmen.
Insgeheim fragte ich mich schon lange, warum William nicht sie zur Frau auserkoren hatte, denn die beiden hatten weit mehr Gemeinsamkeiten als ich mit William.
Jedes Mal, wenn sich die zwei trafen, fachsimpelten sie über juristische Themen. In diesen

Situationen fühlte ich mich nicht nur unattraktiv, sondern auch dumm.

Missmutig schob ich den Teller von mir. Meine Mutter hatte recht – wenn ich weiterhin so viel aß, würde ich nicht mehr in mein Brautkleid passen.

Das veranlasste meine Schwester dazu, mich anzusehen. »Bedrückt dich etwas, Alexandra?«

Ich musste zu meiner Schande gestehen, dass ich mir wünschte, Luise wäre nicht auch noch so nett.

»Nein, alles ist in bester Ordnung«, antwortete ich gereizt.

Wo kam denn plötzlich meine schlechte Laune her?

Wahrscheinlich weil mir alle in meinem Umfeld den Eindruck vermittelten, unfähig und hässlich zu sein. Selbst bei William hatte ich nicht das Gefühl, dass er mich ansah, als wäre ich eine wunderschöne Elfe.

»Lass dir nichts einreden«, unterbrach Luise meine Gedanken. Und als hätte sie geahnt, wohin meine Gedanken abgeschweift waren, setzte sie noch hinzu: »Du bist perfekt, genau so, wie du bist.«

Das warme Lächeln, das sie mir schenkte, beschwichtigte mich ein wenig. Ich konnte mich glücklich schätzen, Luise als Schwester zu haben.

»Danke, mein Herz.« Ich legte meine Hand auf ihre, wodurch mein Blick auf meine Armbanduhr fiel. Ich sollte mich langsam für den heutigen Abend zurechtmachen. In einer Stunde wollte William mich abholen kommen.

Wir waren bei den Waldenburgs eingeladen worden. Die Tochter der Gastgeber, Loraine, hatte meines Erachtens die Hoffnung gehegt, die zukünftige Lady Wales zu werden. Durch meine Verlobung mit William hatte ich ihr anscheinend einen Strich durch die Rechnung gemacht. Warum sonst sollte sie mich immer von oben herab behandeln, wenn wir uns trafen?

Ich befürchtete, dass es ein anstrengender Abend werden würde. Auf ihre spitzen Bemerkungen hätte ich getrost verzichten können. Aber ich hatte leider keine Wahl.

»Ihr entschuldigt mich«, sagte ich in die

Runde, während ich aufstand. »Ich muss mich umziehen gehen.«
Meine Mutter begann zu strahlen. »Ja, Kind, du darfst den Lord nicht warten lassen.«
Ich hatte es schon lange aufgegeben, ihr zu erklären, dass sie ihren baldigen Schwiegersohn mit dem Vornamen ansprechen sollte. Ich vermutete, dass sie so verzückt über die Tatsache war, dass eine ihrer Töchter bald adelig sein würde, dass sie es genoss, William bei seinem Titel zu nennen.
Während ich die Treppe hochstieg, drängte sich mir der Gedanke auf, ob meine Mutter mich in Zukunft ebenfalls mit Lady William Wales ansprechen würde. Bei der Vorstellung musste ich kichern.
Kaum in meinem Schlafzimmer angekommen, zog ich mich aus, um das fliederfarbene Ballkleid, welches auf meinem Bett lag, anzulegen. Sobald ich es übergestreift hatte, blickte ich in den Spiegel über der Kommode und stellte zu meinem Unmut fest, dass es an meinen Hüften viel zu eng saß. Ich sollte wirklich mehr auf meine Ernährung achten.

Während ich meine Haare kämmte, um sie anschließend zu einer Hochsteckfrisur zusammenzufassen, fiel mein Blick auf das eingerahmte Verlobungsfoto, das auf der Kommode stand. Ich konnte mich noch genau an diesen wundervollen Herbsttag erinnern.
Meine Gedanken schweiften ab und tauchten ein in die Glücksgefühle, die ich damals empfunden hatte …

Fast die gesamte Londoner Gesellschaft war erschienen. Jeder mit Rang und Namen ist an dem Abend gekommen, um auf das zukünftige Brautpaar anzustoßen.
Während ich gemeinsam mit William im Eingangsbereich seines Elternhauses die Gäste begrüßte, konnte ich vor Hochgefühlen kaum atmen. Nichts und niemand konnte mein Glück trüben.
Die gesamte Feier war ein voller Erfolg. Es wurde getanzt, vorzüglich gespeist und viel gelacht.
Doch nachdem die Gäste in den frühen Morgenstunden gegangen waren, nahm William

meine Hand und geleitete mich zur Bibliothek. Dort angekommen, ließ er meine Hand los, während er zum Wandsafe lief. Verwundert blickte ich ihm hinterher.

Als er den Safe geöffnet hatte, holte er eine Schatulle heraus und kam auf mich zu. Sobald der Deckel aufsprang, erblickte ich ein Diamant-Collier mit dazu passenden, tropfenförmigen Ohrringen. Die Steine funkelten mich an, während ich erstaunt zu William aufschaute.

Mit einem wehmütigen Lächeln blickte er erst zum Schmuck und dann zu mir. »Dieser Schmuck gehörte meiner Mutter und ich glaube, dass sie sich sehr gefreut hätte, wenn er nun an dich, als meine zukünftige Ehefrau, übergeht. Ich möchte, dass du ihn zu unserer Hochzeit trägst, damit sie an diesem Tag bei uns sein kann.«

Ich war gleichzeitig überwältigt und gerührt. »William, ich fühle mich sehr geehrt und werde stolz sein, diesen Schmuck an unserem Hochzeitstag zu tragen.«

Ich hatte einen Kloß im Hals, während ich

Williams Gesicht betrachtete. Es musste sehr schmerzhaft für ihn sein, dass seine Mutter, die vor zehn Jahren verstorben war, nicht an unserem Freudentag teilnehmen konnte.
Ich konnte mich nur vage an Lady Anne Wales erinnern. Sie war eine atemberaubende Schönheit gewesen, die ihrem Sohn William ihr aristokratisches Aussehen vererbt hatte. Doch am meisten war mir in Erinnerung geblieben, dass sie stets ein gütiges Lächeln im Gesicht gehabt hatte.

Als es an der Haustür klingelte, wurde ich aus meinen Gedanken gerissen.
Ich hatte mich zu lange meinen Träumereien hingegeben und William war in der Zwischenzeit eingetroffen, um mich abzuholen.
Rasch zog ich mir die Pumps an und griff nach meinem Mantel. Dann schnappte ich mir meine Handtasche und rauschte aus dem Zimmer.

Kapitel 4

Ich hakte mich bei William unter, während wir die breite Treppe zum Anwesen der Waldenburgs hochstiegen.
Die ganze Fahrt über hatte ich das Gefühl gehabt, dass er nicht richtig anwesend war. Auch wenn er versucht hatte, höflich Konversation zu betreiben, so war er dennoch unkonzentriert, wenn nicht sogar aufgewühlt gewesen.
Gab es womöglich Schwierigkeiten in der Kanzlei?
Es bedrückte mich, dass er sich mir nicht anvertrauen wollte. Was auch immer ihn belastete, ich wäre gerne bereit, ihm zuzuhören.
Wir gaben an der Garderobe unsere Mäntel ab und erreichten letztendlich das Entree, wo uns die Gastgeber erwarteten.
Lord Fitzgerald Waldenburg war ein grobschlächtiger, riesiger Mann, der stets zu viel trank und dementsprechend laut sprach.
Seine Frau, Lady Olivia, platzte fast aus ihrem

auberginefarbenen Kleid. Jeder in der Gesellschaft wusste, dass sie eine Schwäche für Süßes hatte.

Mein Blick fiel auf Loraine, die natürlich wieder einmal atemberaubend aussah. Die blonden Locken fielen ihr in Wellen über die Schultern, während ihre dunkelrote Robe ihren Körper perfekt umschmeichelte. Hinzu noch ihre Alabasterhaut, die den Farbton des Kleides unterstrich – sie war einfach eine Augenweide.

Die tönerne Stimme von Lord Waldenburg ließ mich den Blick von Loraine nehmen. »Seid gegrüßt, Lord Wales, Miss Ward.«

»Ich grüße Sie ebenfalls, Lord Waldenburg.« William verbeugte sich leicht vor den Damen des Hauses. »Ladys, es ist mir immer wieder eine Ehre, eurer Einladung Folge zu leisten. Die Damen sehen bezaubernd aus.«

Lady Olivias Wangen färbten sich tiefrot. »William, du Charmeur.« Sie bekam fast Schnappatmung.

Währenddessen warf Loraine ihre Mähne über die Schulter und setzte gekonnt ihr Dekolleté in Szene. »Ich freue mich sehr, dich

wiederzusehen, William.«
Ich selbst wurde von den Gastgebern nicht mehr beachtet, so als wäre ich nur irgendein unwichtiges Anhängsel meines Verlobten. Das nervte mich ungemein.
Meine Verärgerung stieg an, als sich Loraine bei William einhakte und mich dadurch beinahe zur Seite schubste.
Er selbst schien es nicht einmal zu bemerken.
»William«, gurrte Loraine. »Ich habe ein dringendes Anliegen, das ich mit dir besprechen möchte.«
»Aber sicher, meine Liebe. Ich stehe ganz zu deiner Verfügung.«
Mit vor Boshaftigkeit blitzenden Augen schaute mich Loraine über die Schulter an. »Du entschuldigst uns doch, Alexandra?«
»Ja, sicher«, presste ich heraus. Was hatte ich denn für eine Wahl, wenn ich hier keine Szene machen wollte?
»Kommen Sie, Miss Ward, ich geleite Sie zu Ihrem Tisch.« Das kam vom Hausherr, der mich mit seinen fleischigen Fingern am Oberarm anfasste. Ich war angeekelt. »Unser neuer

französischer Koch hat heute Abend vorzüglich für uns gekocht.«

»Sehr gerne, Lord Waldenburg«, entgegnete ich widerstrebend.

Während mich der Gastgeber in den Speisesaal führte, schaute ich über meine Schulter zu William und Loraine, die in einem Nebenzimmer verschwanden. Ich kochte vor Wut.

Mein Ärger stieg, als ich zu meinem Platz geleitet wurde und zwischen zwei alten Schachteln sitzen sollte. War das etwa ein abgekartetes Spiel der gesamten Familie Waldenburg?

Ich begrüßte die beiden älteren Damen und nahm Platz. Währenddessen konnte ich kurze Zeit später beobachten, dass William und Loraine, gemeinsam mit Alex Mannor, Williams Jugendfreund, im Speisesaal erschienen. Die drei ließen sich mir gegenüber nieder, wobei William zwischen Loraine und Alex saß.

Ich versuchte, mir meinen Unmut nicht anmerken zu lassen, aber die triumphierenden Blicke, die mir Loraine zuwarf, brachten mich an meine Grenzen. Am liebsten hätte ich diesem Biest die Meinung gesagt, aber wir waren ihre

Gäste und ich musste mich zusammenreißen. Was mich am meisten wurmte, war, dass William zum ersten Mal an diesem Tag losgelöst und entspannt schien. Er scherzte mit seinem Freund oder – und das brachte mich innerlich zum Brodeln – er ließ es zu, dass Loraine ihre Hand auf seinem Unterarm ruhen ließ, wenn sie miteinander sprachen. Zudem schien er mich völlig vergessen zu haben. Nicht einen Blick warf er in meine Richtung.

»Nein, meine Liebe, mein Stuhlgang hat sich wieder normalisiert. Er hat eine natürliche Färbung und Konsistenz angenommen«, rief Maude Cunningham über meinem Kopf hinweg ihrer Freundin Lucy zu. Das riss mich zum einen aus meinen Betrachtungen heraus und zum anderen verdarb es mir den Appetit. Diese Frechheit, mich zwischen diese alten Fregatten zu setzen, würde ich Loraine heimzahlen. Ich wusste zwar noch nicht, wie, aber sie musste dafür leiden, mich so zu behandeln. Vielleicht sollte ich sie bei der Hochzeit neben den Toiletten oder zwischen den Kindern platzieren, dachte ich hämisch. Mal sehen, ob es ihr

ebenso gefallen würde, ausgegrenzt zu werden.
Am liebsten hätte ich die gesamte Bagage Waldenburg von der Gästeliste gestrichen, aber das war nicht möglich, denn Williams und Loraines Familien waren seit Generationen miteinander befreundet. Daher würde mir ihre Anwesenheit am schönsten Tag meines Lebens nicht erspart bleiben.
Ich seufzte innerlich. Manchmal war die ganze Adelsgesellschaft mit ihren Normen wirklich nicht einfach.

Nach dem Dinner, bei dem ich ausnahmsweise kaum etwas gegessen hatte, verabschiedeten sich die Herren, um im Salon nebenan ihre Zigarren zu rauchen. Wie im Mittelalter, dachte ich ironisch. Die Damen wurden ebenfalls in einen Salon gebeten, in dem sie alle schnatternd begannen, den neusten Klatsch zu besprechen.
Ich gesellte mich zu Olivia Waldenburg, hörte jedoch nur mit halbem Ohr zu. Der Abend war für mich ein einziger Krampf. Ich fühlte mich

völlig fehl am Platz und wollte am liebsten nach Hause.

Eine Stunde später, als alle Gäste in den Ballsaal spazierten, versuchte ich, William auszumachen, konnte ihn jedoch nirgends entdecken. Erst als er, als Letzter, gemeinsam mit Alex hereinkam, atmete ich erleichtert auf. Nun würde ich ihn hoffentlich wieder für mich haben.

William schien sich endlich daran erinnert zu haben, dass er verlobt war, und lief auf mich zu. »Alexandra, meine Liebe, du kannst mir hoffentlich verzeihen, dass ich ein wenig Zeit mit meinen Freunden verbringen wollte? Wir hatten uns lange nicht gesehen.«

War das ein Seitenhieb gegen mich, da er in den letzten Monaten mit mir zusammen gewesen war, statt mit seinen Freunden zu verkehren?

Ich war verletzt, versuchte trotzdem, gute Miene zum bösen Spiel zu machen. »Ich verzeihe dir, William, aber nur, wenn du mit mir tanzt.«

Er hielt mir lächelnd seinem Arm hin, damit

ich mich bei ihm einhaken konnte. »Sehr gerne.«
Während ich in Williams Armen einen Walzer vollführte, begann ich, mich etwas zu entspannen. Ich strahlte ihn an und wollte ihm damit zu verstehen geben, dass ich seine Gesellschaft sehr genoss.
Kaum war unser Tanz beendet, tauchte Alex neben uns auf. »Du entschuldigst uns bitte, Alexandra, aber ein potenzieller Klient ist soeben eingetroffen, der Interesse daran hat, von William vertreten zu werden.«
Wieder einmal wurde mir William entrissen. Es war einfach zum Verrücktwerden. Natürlich konnte ich auch diesmal meinem Ärger keine Luft machen und nickte Alex zu.
William gab mir einen flüchtigen Kuss auf die Wange und verließ dann gemeinsam mit seinem Freund den Saal.
Frustriert schlenderte ich hinüber zu einigen Sitzgelegenheiten, in denen Lady Olivia mit ihren Freundinnen saß. Bevor ich in einem der Sessel Platz nahm, schnappte ich mir ein Glas Champagner von einem livrierten

Bediensteten. Gelangweilt hörte ich mir noch mehr des neuesten Klatsches an.

Kapitel 5

Langsam machte ich mir Gedanken um William, denn er hatte mich schon seit fast einer Stunde allein gelassen. Die Konversation mit der Gastgeberin begann allmählich, ins Stocken zu geraten. Darüber hinaus fiel mir auf, dass Loraine ebenfalls nirgends zu sehen war. Das bescherte mir ein mulmiges Gefühl.

Nachdem ich mich bei Olivia Waldenburg entschuldigt hatte, verließ ich den Saal, um einen Waschraum aufzusuchen. Ich brauchte ein wenig Zeit für mich, denn diese Veranstaltung zehrte stark an meinen Nerven.

Ich stieg die breite Treppe hoch, um eventuell oben ein Bad zu finden, das unbesetzt war. Mein Bedarf an Unterhaltungen war für heute gedeckt.

Im ersten Stock angekommen, lief ich einen langen Flur entlang, von dem links und rechts mehrere Türen abgingen.

Fast am Ende entdeckte ich an einer das Schild für die Toilette. Ich trat ein, stellte mich vor das

Waschbecken und blickte in den darüber befindlichen Spiegel.
Mein Gesichtsausdruck sah verkniffen aus, was mich nicht wunderte, so genervt, wie ich vom gesamten Abend war. Ich straffte meine Schultern und nahm mir vor, mich nicht unterkriegen zu lassen. Der blöde Abend würde ja nicht ewig andauern und bald wäre ich wieder zu Hause. Ich musste nur noch ein wenig Geduld haben und versuchen, mich von Loraine nicht provozieren lassen. Mit einem Lächeln im Gesicht verließ ich neuen Mutes den Raum.
Sobald ich draußen im Gang an einer angelehnten Tür vorbeilief, glaubte ich mit einem Mal, die Stimme von William zu vernehmen.
Ohne nachzudenken, öffnete ich die Tür einen Spaltbreit, um hineinzulinsen, und erstarrte augenblicklich.
Die Szene, die sich mir bot, hätte aus einem pornografischen Film stammen können. Klischeehaft agierten die beiden Hauptdarsteller auf einem Bärenfell vor dem Kamin. William lag nackt auf dem Rücken, während sich Alex' Kopf zwischen den Beinen meines Verlobten

befand.
Mein Körper schien wie gelähmt, während mein Gehirn versuchte, die Bilder zu verarbeiten.
War William etwa schwul? Warum hatte ich das nicht gewusst? Was bedeutete das für mich und meine Zukunft? Was sollte ich tun? Mich bemerkbar machen? Ausflippen? War ich vielleicht selbst schuld daran?
Die Fragen schossen in Sekundenbruchteilen durch meinen verwirrten Geist.
Die Geräusche, die William ausstieß, katapultieren mich wieder ins Geschehen. Sie klangen fast animalisch, während er völlig der Ekstase verfallen zu sein schien. Er griff mit der Hand in Alex' Haare, um sein Glied anscheinend tiefer in dessen Mund zu stoßen. Nie hatte ich William derart ungehemmt erlebt.
Zudem wurde mir bewusst, dass ich William zum ersten Mal nackt sah. Und nicht nur das: Trotz der Tatsache, dass sich mein zukünftiger Ehemann gerade mit seinem Freund vergnügte, empfand ich keinen Ekel und das verwirrte mich extrem. Ich hätte angewidert sein

müssen, doch stattdessen spürte ich merkwürdigerweise Erregung in mir aufwallen. Als wäre ich nicht die betrogene Verlobte, sondern lediglich eine unbeteiligte Beobachterin.
Gegen meinen Willen musste ich mir eingestehen, dass ich es genoss, die beiden athletischen Körper zu betrachten, wie sie sich Lust verschafften. Die Haut der beiden glänzte vor Schweiß, sodass ich mir wünschte, an dem Akt beteiligt zu sein und diese überaus attraktiven Männer zu berühren.
Was stimmte nicht mit mir? War ich vielleicht nicht normal?
Ich wusste in diesem Moment nicht, wie ich mit diesen neuen Gefühlen umgehen sollte. Meine Fassungslosigkeit wuchs, als ich spürte, dass mein Slip feucht wurde.
Während sich Alex auf alle viere begab und William von hinten in ihn eindrang, pochte meine Mitte dermaßen, dass ich mich am liebsten selbst berührt hätte.
William lehnte sich mit dem Oberkörper an Alex und umfasste dabei mit der Hand dessen aufgerichteten Schaft. Beide Männer stöhnten

hemmungslos. Ich stieß die Tür noch ein bisschen auf, um besser erkennen zu können, was die beiden taten.

»Fuck, Alex, das habe ich so vermisst!«

Widersinnigerweise musste ich mich gerade jetzt an eine Situation vor einem Monat erinnern, als William zu mir gesagt hatte, dass es sich für eine Dame aus gutem Hause nicht ziemte, eine unflätige Sprechweise an den Tag zu legen. Ich hatte mir damals den Finger in der Wagentür eingeklemmt und »Fuck!« ausgerufen.

Als William laut stöhnte, kam ich wieder zu mir. »Oh Gott, Alex, ich liebe dich«, stieß er keuchend aus.

Was tat ich hier eigentlich? Mein Verlobter hatte Alex gerade seine Liebe gestanden und ich hatte nichts Besseres zu tun, als hier zu stehen und vor Erregung zu zerfließen?

»Und du bist dir sicher, dass William die Verlobung auflösen möchte, um dich zu heiraten?«, hörte ich plötzlich Lady Olivia hinter meinem Rücken und zuckte erschrocken zusammen.

Das war auch der Moment, als William mich

an der Tür entdeckte. Mit einem entsetzten Blick in meine Richtung zog er sich aus Alex heraus und versuchte hektisch, mit den Händen seine Scham zu bedecken.
Doch bevor er oder ich etwas sagen konnten, lief unsere Gastgeberin um mich herum ins Zimmer, wobei sie die Tür dermaßen heftig aufstieß, dass sie gegen die Wand schlug.
»Lord Wales!«, schrie Olivia los, was meinen Verlobten zusammenzucken ließ.
Beide Männer griffen hastig nach ihren Kleidungsstücken, um ihre nackten Körper zu bedecken. Die ganze Zeit zeterte Lady Olivia hysterisch und stieß Verwünschungen aus. Ich konnte nur wie erstarrt danebenstehen und keinen Ton hervorbringen. Das war ein totaler Albtraum.
Loraine, die plötzlich hinter mir stand, drängte sich an mich. »Das läuft ja noch besser, als ich gedacht hatte. Dass du, als seine Verlobte, ihn erwischt hast, ist das Sahnehäubchen obendrauf«, flüsterte sie mir ins Ohr.
Befremdet blickte ich sie an, als sie begann, schallend zu lachen. Hatte dieses Miststück

das etwa alles eingefädelt, damit die Gesellschaft davon erfuhr? Zuzutrauen wäre es ihr. Nach der Devise: Wenn William nicht mich als seine Ehefrau auswählt, sollen alle erfahren, was er ist.

Der Tumult, der anschließend ausbrach, als weitere Gäste auf der Bildfläche erschienen, holte mich wieder in die Realität zurück und ich rannte los. Nur weg von diesen intriganten Menschen.

Kapitel 6

Seit Tagen saß ich in meinem Zimmer und heulte mir die Augen aus. Dieser Zustand wurde nur unterbrochen, wenn ich zum Essen im Speisezimmer erscheinen musste. Darauf bestand meine Mutter.

Wieso hatte ich nicht erkannt, dass William sich zu Männern hingezogen fühlte? Oder stand er auch auf Frauen?

Ansonsten hätte er mich doch nicht so leidenschaftlich küssen können, oder? Ich war total verwirrt, da ich kaum Erfahrungen in sexuellen Dingen hatte.

Bis auf mein erstes Mal mit Harry, meinem ehemaligen College-Freund. Damals hatte ich geglaubt, in ihn verliebt zu sein. Doch der Akt selbst war furchtbar gewesen. Zudem hatte mir Harry vorgeworfen, keine Leidenschaft zu besitzen, und hatte sich kurze Zeit später anderweitig vergnügt. Mir hatte es nicht so viel ausgemacht wie jetzt, da ich Harry nicht geliebt hatte.

Oder liebte ich William auch nicht? War ich womöglich nicht dazu fähig, jemanden zu lieben?
Die größte aller Fragen war jedoch, warum William mich hatte heiraten wollen. Er hätte seine Neigungen als lediger Mann viel besser ausleben können. Ohne die Gefahr, dass seine zukünftige Ehefrau ihm auf die Schliche hätte kommen können.
Heiraten, und das nur, um den Schein zu wahren? Mich beschlich das Gefühl, dass noch mehr dahintersteckte.
Auch wenn ich wütend auf William sein müsste, so empfand ich lediglich eine tiefe Trauer. Gegenüber mir, die sich so sehr eine glückliche Ehe gewünscht hatte. Ebenso auch gegenüber William, der sich anscheinend nicht gegen die Gefühle für Alex hatte wehren können. Warum sonst hätte er sich der Gefahr ausgesetzt, erwischt zu werden? Offenbar liebte er Alex so sehr, dass er jegliche Vorsicht in den Wind geschlagen hatte.
Durch ein Klopfen an der Tür wurde ich aus meinen Überlegungen gerissen. Darüber

hinaus begann es, in meinem Bauch zu rumoren, da ich keine Lust auf die Vorhaltungen meiner Mutter hatte. In ihren Augen hatte ich wieder einmal versagt. Denn wer sonst, als ich selbst, war schuld daran, dass mein Exverlobter lieber mit Männern schlief als mit mir?
Ganz zu schweigen von der Reaktion meines Vaters, der sich am liebsten mit William duelliert hätte – wenn es heutzutage noch legal gewesen wäre.
Nach meinem »Herein« kam zu meiner Erleichterung jedoch meine Schwester Luise herein.
Sie war wahrlich eine Schönheit und ihr würde mit Sicherheit niemals so etwas Peinliches wie ein homosexueller oder eventuell bisexueller Verlobter passieren. Ihre langen blonden Haare sowie ihre hellblauen Augen erweckten den Anschein, als wäre sie eine Fee. Nicht so ein Trampel wie ich.
Sofort strömten noch mehr Tränen aus meinen Augen. Luise setzte sich neben mich. »Ach, Alexandra, das tut mir alles so furchtbar leid. Kann ich irgendetwas für dich tun?«

»Nein, schon gut«, schniefte ich. »Ich wüsste auch nicht, was mir jetzt noch helfen könnte.«
»Zeit«, meinte sie. »In ein paar Monaten erschüttert ein anderer Skandal die Gesellschaft und du bist Schnee von gestern.«
»Das glaube ich kaum, denn die Leute erfreuen sich viel zu sehr an dem Leid anderer Menschen. Außerdem …« Ich konnte plötzlich nicht mehr weitersprechen.
Ich blickte in Luise' verständnisvolle Augen.
»Was, Alexandra? Sag es mir.«
»William und Alex tun mir leid.«
»Wie bitte?« Verschwunden war das Mitgefühl aus ihrem Blick. »Er hat dich hintergangen, Alexandra! Noch dazu in so einer schändlichen Art und Weise. Er schläft mit dir und auch mit seinem Freund. Das ist widerlich!«
»Nun, um genau zu sein«, begann ich und wurde verlegen, »schläft er vermutlich nur mit Alex.«
»Was? Ihr beide habt nie Sex gehabt?« Ungläubig riss sie ihre Augen auf.
»William hat bis zur Hochzeitsnacht warten wollen.« Ich wusste, es klang ziemlich naiv

und erbärmlich.
Und trotz allem konnte ich William nicht hassen. Es war bestimmt schwer für ihn gewesen, sich immer vorsehen zu müssen.
Luise stieß ein Schnauben aus, sprang in die Höhe und begann, im Zimmer auf und ab zu laufen. »Du hast immer Verständnis für andere, Alexandra. Das ist eine sehr lobenswerte Eigenschaft, aber du musst auch an dich selbst denken.«
Sie blieb stehen und baute sich aufgebracht vor mir auf. »Los, komm, wir fahren zu Marcus. Das wird dich ein wenig aufmuntern und auf andere Gedanken bringen.«
Marcus war ein sehr guter Freund der Familie. Ein ewiger Junggeselle, der sich mit Leidenschaft für seine Pferde einsetzte. Luise hatte recht, der Geruch von Pferden und die wunderschöne Landschaft außerhalb Londons würden mir guttun.
Mit einem Seufzen stand ich auf und lief in Richtung des angrenzenden Bades. »Ich mache mich schnell ein wenig frisch und dann können wir losfahren.«

»So ist es richtig, Alexandra«, stieß Luise aus. »Du darfst dich nicht zu Hause verkriechen.« Obwohl ich genau das gerne gemacht hätte. Aber Luise hatte recht, ich musste nach vorne schauen. Und was wäre besser dafür geeignet als ein Ritt mit einem von Marcus' Pferden, um meinen Kopf freizubekommen?

Kapitel 7

Meine Eltern sowie Luise waren gerade zum Ball der Nortons aufgebrochen. Jegliche Diskussion mit meiner Mutter, sie zu begleiten, hatte ich im Keim erstickt. Es war etwas anderes, wenn ich mich außerhalb Londons auf einem Landgut aufhielt, aber zu einem Ball, bei dem die gesamte Gesellschaft anzutreffen sein würde, konnten mich keine zehn Pferde kriegen.

Ich zog mich in die Bibliothek zurück, um ein wenig zu lesen, und genoss die Stille, die dort herrschte. Während ich mit einer Tasse Tee in der Hand zum Sessel lief, nahm ich mir vor, es mir mit einem guten Buch gemütlich zu machen.

Mein Blick fiel auf die Zeitung, die auf dem niedrigen Beistelltisch lag.

Lord William Wales liebt Alex. Die Frage ist: Liebt er mehr die weibliche oder die männliche Ausgabe?

Seufzend schaute ich auf das vermaledeite

Verlobungsfoto auf der Titelseite. Die Kamera hatte mein strahlendes Lächeln eingefangen sowie das etwas melancholische von William. Warum war mir nie aufgefallen, wie schwermütig er oft gewirkt hatte?
Rechts auf der Titelseite war Alexander Mannor abgebildet. Ganz der blasierte Eton-Student. Obwohl der arrogante Ausdruck während des Liebesspiels mit William durch Verzückung ersetzt gewesen war, wie mir einfiel. Alex hatte meinen Verlobten mit einer Liebe angesehen, die mich hatte wünschen lassen, ebenso geliebt zu werden. Ganz zu schweigen von den Zärtlichkeiten, die sie ausgetauscht hatten.
Resolut verdrängte ich die Bilder aus meinem Kopf, denn es erschütterte mich noch immer, dass ich es genossen hatte, den beiden zuzusehen.
Auch wenn es armselig war, so wünschte ich mir in diesem Moment, dass ich es nie erfahren hätte.
Was wäre so falsch daran gewesen? Ich hätte mich, wenn ich es in der Zukunft

herausgefunden hätte, eventuell mit ihm arrangieren können. William und ich hätten bestimmt einen Weg gefunden, damit umzugehen, da war ich mir sicher.

Angewidert von mir selbst, drehte ich die Zeitung um, um die Fotos nicht mehr ansehen zu müssen. Mein Blick fiel auf eine Anzeige, die einen wunderschönen Strand abgebildet hatte. Vielleicht sollte ich in den Urlaub fahren.

Ich hatte schon seit einer Ewigkeit nicht mehr meine Verwandten väterlicherseits in Spanien besucht. Es wäre bestimmt eine schöne Abwechslung zu meinem tristen Leben.

Doch dann erkannte ich, dass es sich bei dem Bild in der Zeitung nicht um eine Urlaubsanzeige handelte.

Möchten Sie an diesem schönen Ort arbeiten? Wären Sie bereit, den Sommer über in einem Kinderheim in Mexiko tätig zu sein?

Mein Herz begann, aufgeregt gegen meinen Brustkorb zu schlagen, während ich den Text genauer durchlas.

Das Waisenhaus *Paradise* suchte Mitarbeiter für die Betreuung der Kinder. Ich war ausgebildete Kinderkrankenschwester. Wäre es nicht meine Chance, dem ganzen Trubel um meine geplatzte Hochzeit zu entkommen?
Aufgeregt rannte ich in mein Zimmer und schnappte mir den Laptop, der auf meinem Schreibtisch lag. Damit setzte ich mich aufs Bett und rief die Homepage auf.
Sobald sich die Internet-Seite aufgebaut hatte, las ich mir die detaillierten Informationen über die Tätigkeit durch. Im Grunde ging es um die Betreuung der Kinder, Hilfe bei der Zubereitung der Speisen und diversen Aktivitäten und Ausflügen. Das konnte doch nicht so schwer sein.
Ebenso waren einige Fotos des Waisenhauses zu sehen. Das Haupthaus sowie die Nebengebäude und entzückende kleine Bungalows für die Mitarbeiter.
Ich begann, ohne lange nachzudenken, meine Daten auf der Kontaktseite einzugeben. Am Ende setzte ich auch meine Referenzen als Datei-Anhang hinzu. Dann drückte ich mit heftig

schlagendem Herzen auf *Senden*.
Ich lehnte mich zurück und mir wurde bewusst, dass ich noch nie so etwas Spontanes getan hatte. Das war untypisch für mich und total verrückt. Aber es fühlte sich befreiend an. Außerdem hatte ich eine Möglichkeit gefunden, nicht nur dem ganzen Skandal um meine Person zu entgehen, sondern gleichzeitig etwas Sinnvolles zu tun.

Kapitel 8

Zwei Tage später erhielt ich eine Mail vom Waisenhaus, mit der Bestätigung, dass ich in ein paar Wochen dort meinen Dienst antreten konnte. Nun musste ich wohl oder übel meinen Eltern beichten, was ich getan hatte.

Mit dem Ausdruck der Zusage in der Hand erreichte ich den Salon, in dem sich meine Familie aufhielt. Ich stand nervös an der offenen Tür und betrachtete meine Schwester, die in dem Sessel Platz genommen hatte und in ein Buch vertieft war.

Mein Vater las die Zeitung, wohingegen meine Mutter eine Frauenzeitschrift durchblätterte. Beide saßen sie auf dem Sofa und hatten mich noch nicht bemerkt.

Mit einem Mal hatte ich Angst vor meiner eigenen Courage.

Was würde ich tun, wenn sich meine Eltern weigerten, mich nach Mexiko fahren zu lassen? Ich war zwar erwachsen, aber verdiente kein eigenes Geld. Etwas, das mir jetzt bewusst machte, wie abhängig ich von ihnen war. Genauso wäre ich, hätte ich William geheiratet, von seiner Gunst abhängig gewesen.

Luise entdeckte mich als Erste. »Warum kommst du nicht herein?«

Ich machte ein paar Schritte vorwärts und stellte mich neben den Sessel gegenüber meiner Schwester. Mittlerweile blickten mich meine Eltern ebenfalls neugierig an.

Ich versuchte mich zu sammeln, um das Thema ganz sachlich anzuschneiden, und nahm einen tiefen Atemzug. »Ich habe eine Arbeitsstelle angenommen«, platzte es aus mir heraus. So viel zum Thema, es diplomatisch anzugehen.

Wegen ihrer verdutzten Gesichter beeilte ich mich, zu erklären: »Was ich damit sagen möchte, ist, dass ich mich für eine Anstellung in einem Kinderheim in Mexiko beworben habe und angenommen wurde.«

»Wie bitte?«, fragte mein Vater verständnislos und legte die Zeitung auf den Beistelltisch. Währenddessen rief meine Mutter »Das ist doch lächerlich!« aus.

Nur Luise sagte kein Wort und blickte mich nachdenklich an.
Ich hatte Angst vor den Vorhaltungen, die bestimmt gleich auf mich zukommen würden, und warf mich in den Sessel. Sobald ich saß, blickte ich jeden der Anwesenden an. »Ich werde den Sommer über dort arbeiten. Ob es euch gefällt oder nicht.«
Auch wenn meine Stimme etwas zittrig geklungen hatte, so hatte ich meines Erachtens meinen Standpunkt klar zum Ausdruck gebracht, wie ich fand.
Plötzlich redeten meine Eltern gleichzeitig auf mich ein. Ich stieß ein Stöhnen aus.
Meine Mutter war der Meinung, ich würde mich feige verstecken wollen, aber ich blieb bei meinem Entschluss.
»Bist du dir sicher, dass du arbeiten gehen willst?«, fragte mich mein Vater. »Fahr doch lieber zu Tante Erida nach Spanien, um dich ein wenig zu entspannen.«
»Nein, Dad, ich will etwas Sinnvolles tun. Und was wäre besser geeignet, als in einem Waisenhaus zu arbeiten?«

Luise grinste mich an. »Ich finde, genau das solltest du machen. Das ist eine sehr gute Idee.«
Ich war meiner Schwester unendlich dankbar dafür, dass sie auf meiner Seite stand, und lächelte sie an.
»Aber, Alexandra«, begann meine Mutter eingeschnappt. »Muss es denn unbedingt Mexiko sein? Es gibt sicherlich auch Waisenhäuser hier in England.«
»Genau«, mischte sich mein Vater ein. »Wenn du etwas Sinnvolles tun möchtest, dann brauchst du dazu nicht ans andere Ende der Welt zu fliegen.«
»Ich habe mich entschieden«, sagte ich resolut. »Ich will dorthin.« Mitunter konnte ich ziemlich stur sein.
Mein Vater schüttelte seinen Kopf, als befürchtete er, dass ich den Verstand verloren hätte.
»Nun gut«, meinte meine Mutter angesäuert und mit einem tiefen Seufzen. »Wenn es das ist, was du willst, dann werde ich dir keine Steine in den Weg legen.« Pragmatisch, wie sie war, sprang sie vom Sofa und rief: »Wir

müssen einkaufen gehen. Du brauchst Sommerkleidung.«
Befreit lachte ich auf.

Kapitel 9

Soeben war ich aus dem Taschengeschäft gekommen. Während ich gedanklich bei meiner bevorstehenden Reise war und überlegte, was ich noch alles besorgen musste, erblickte ich plötzlich William. Er lehnte am Kotflügel seines geparkten Wagens und schien auf mich gewartet zu haben.
Woher hatte er gewusst, dass ich hier war? Doch war es im Grunde nicht egal? Wichtig war nur, dass er anscheinend endlich mit mir reden wollte.
Es war das erste Mal, dass ich ihn seit dem Abend bei den Waldenburgs wiedersah, und ich lief mit einem etwas beklemmenden Gefühl auf ihn zu. Innerlich ermahnte ich mich, nicht so nervös zu sein, denn ich selbst hatte mir schließlich nichts zuschulden kommen lassen. Trotzdem war ich aufgeregt, denn ich wusste nicht, was er von mir wollte.
Sobald ich vor ihm zum Stehen kam, fiel mir auf, dass Williams Wangen eingefallen waren.

Seine gesamte Erscheinung wirkte abgehalftert und er sah verhärmt aus. Mit einem Mal wallte tiefes Mitleid in mir auf. Es schien ihn Überwindung gekostet zu haben, hier zu erscheinen.

»Hallo, Alexandra«, begann er. »Ich hoffe, du nimmst es mir nicht übel, dass ich dich so einfach überfalle. Aber ...« Er räusperte sich und schaute sich verstohlen um, so als hätte er Angst, von jemandem erkannt zu werden. »Ich glaube, dass ich mich bei dir entschuldigen muss.« Er blickte zu Boden, konnte mir offensichtlich nicht mehr in die Augen schauen.

»Ach, William, warum nur hast du es mir verschwiegen? Wir hätten gemeinsam eine Lösung gefunden.«

Sein Kopf schnellte ruckartig hoch und die vor Überraschung hochgezogenen Augenbrauen bestätigten mir, dass er eher mit einer Szene meinerseits gerechnet hatte.

»Hasst du mich denn nicht?«, fragte er verwundert.

»Aber nein. Ich gebe zu, dass ich verletzt war, doch nie würde ich dich für deine

Veranlagung hassen oder verurteilen.«
Mit zittrigen Händen fuhr er sich durch die Haare. »Ich weiß nicht, was ich sagen soll«, murmelte er vor sich hin. Ich bemerkte an seinem gehetzten Blick, dass er befürchtete, jeden Moment von einem Passanten erkannt oder gegebenenfalls an den Pranger gestellt zu werden.
»William, lass uns doch in deinem Wagen weiterreden.«
Er nickte, drehte sich um und öffnete die Hintertür. William ließ mich zuerst einsteigen, und nachdem er sich neben mich gesetzt hatte, zog er die Tür hinter sich zu.
Die Stille, die plötzlich zwischen uns herrschte, machte mich traurig. Zudem knetete er nervös seine Hände, sodass ich meine Hand auf seine legte.
Mit Tränen in den Augen blickte er mich an. »Ich wollte dir nie wehtun, Alexandra.«
»So gut kenne ich dich schon, um das zu wissen.«
»Ich habe es wirklich versucht, das musst du mir glauben!«, rief er plötzlich aus. So als hätte

sich eine Schleuse geöffnet, sprudelte alles aus ihm heraus. »Zeit meines Lebens habe ich meine Gefühle unterdrückt. Immer wieder schlief ich mit Frauen, um mir selbst zu beweisen, dass ich nicht anders bin, dass ich normal wäre. Aber erst, als Alex und ich uns näherkamen, änderte sich alles für mich. Die Gefühle, die ich für ihn empfand, konnte ich nicht leugnen.« Er blickte mich eindringlich an. »Trotz allem wollte ich mich bemühen, ein guter Ehemann für dich zu sein. Ich wollte es versuchen, denn ich spürte, dass ich mit dir, wenn vielleicht nicht glücklich, jedoch zufrieden werden könnte.«

Es schmerzte in meinem Herzen, dass er mich geheiratet hätte, auch wenn es für ihn bedeutet hätte, seine Gefühle zu unterdrücken.

»Aber warum wolltest du überhaupt heiraten?« Die Frage interessierte mich brennend.

»Ich bin von meinem Vater unter Druck gesetzt worden. Wenn ich bis Ende des Jahres nicht verheiratet gewesen wäre, dann wären meine Anteile der Firma an meinen Bruder gefallen. Ich liebe meinen Beruf und wollte das

Privileg, in einer renommierten Kanzlei zu arbeiten, nicht verlieren. Nur habe ich nicht bedacht, dass ich jemanden noch mehr lieben könnte: Alex.« Er blickte mich traurig und um Entschuldigung bittend an.

»Ich weiß, denn ich habe die Liebe, die du für Alex empfindest, gesehen. Mich hast du nie so angeschaut. Aber es ist in Ordnung, denn ich weiß nun, dass wir trotz allem Freunde sein können, wenn du magst.«

Erst in dem Moment, als ich die Worte aussprach, erkannte ich die Wahrheit darin. Vor allem bezüglich der naiven Gefühle, die ich gehegt hatte. Ich war lediglich in die Vorstellung von einer romantischen Ehe verliebt gewesen, nicht in William selbst.

»Das fände ich schön«, sagte er mit einem überraschten Lächeln. »Ich danke dir, Alexandra. Das bedeutet mir sehr viel. Wie du sicherlich erahnen kannst, werde ich zurzeit ziemlich gemieden.«

Wie ich von Luise erfahren hatte, hatte ihn sein Vater, Lord Arthur Wales, aus dem Testament gestrichen und demzufolge auch aus der

Kanzlei geworfen. Das tat mir unendlich leid für William. Auch wohnte er nicht mehr zu Hause, sondern war bei Alex eingezogen, der eine Eigentumswohnung besaß.

Es machte mich wütend, dass die Gesellschaft anscheinend immer noch Vorurteile gegenüber Homosexuellen hegte. Das war eine Schande!

Plötzlich, so als wäre ihm etwas eingefallen, blickte er mich nachdenklich an. »Du sagtest, dass du die Liebe, die ich für Alex empfinde, gesehen hast. Wann?«

Ich spürte, wie meine Wangen begannen, heiß zu werden, und nun war ich diejenige, die ihm nicht in die Augen sehen konnte. »Ähm, also …«, stotterte ich los. »Ich habe euch durch den Türspalt beobachtet und …« Ich konnte nicht mehr weitersprechen, da es mich extrem verlegen machte.

William legte seine Finger unter mein Kinn, sodass ich ihn ansehen musste. »Was hast du gesehen, oder besser gesagt, wie lange hast du denn überhaupt zugesehen?«

Auch wenn ich mich schämte, so wollte ich

dennoch ehrlich auf seine Fragen antworten. »So lange, dass ich mich gesehnt habe, auch einmal im Leben dieses innige Gefühl zu erfahren. Ich habe zwei Menschen gesehen, die ihre Lust ausgelebt haben, aber vor allem habe ich die Liebe zwischen euch gespürt.«

»Du warst nicht angewidert?«, fragte er überrascht.

Ich schüttelte den Kopf. »Um ganz ehrlich zu sein, mochte ich die Art, wie ihr euch geliebt habt.«

Mit einem Mal grinste er dieses schräge Lächeln, welches ich vermisst hatte. »Was bist du nur für eine außergewöhnliche Frau, Alexandra. Ich habe es wohl von Anfang an gespürt, dass du etwas ganz Besonderes bist. «

Ich lächelte zaghaft zurück. »Tja, wer hätte gedacht, dass mich der Anblick von zwei Männern heiß machen könnte?«

Beide lachten wir los. Es tat gut, ihn befreit lachen zu hören.

Dann wurde William ernst. »Du ahnst nicht, wie viel mir dein Verständnis bedeutet. Es ist schade, dass wir nicht viel früher so offen miteinander gesprochen haben. Loraine hatte unrecht, was dich betrifft.«

Als ich den Namen dieser Person hörte, schnaubte ich verächtlich. »Lass mich bloß in Ruhe mit diesem intriganten Miststück. Sie konnte dich nicht haben und wollte dir absichtlich schaden!«

»Ich weiß«, sagte er bekümmert. »Leider habe ich es zu spät erkannt.«

Plötzlich wollte ich alles wissen. »Erzähl mir bitte, was Loraine mit alldem zu tun hat. Irgendwie beschleicht mich das Gefühl, da ist noch mehr.«

Er nickte. »Vor ungefähr zwei Jahren waren Loraine und ich für kurze Zeit ein Paar. Es war eine Zeit, in der ich mich selbst finden wollte. Sie schien jedoch gespürt zu haben, dass ich nicht zufrieden war, oder besser gesagt, dass ich mir etwas anderes wünschte.« Er blickte mich verzagt an. »Willst du das wirklich wissen?«

Ich nickte ihm aufmunternd zu.

»Nun, wie gesagt, hat sie es anscheinend gespürt, dass ich nicht wie die anderen Männer war, mit denen sie sonst schlief, und brachte eines Abends einen engen Freund von ihr mit: Matthew. Er ist bisexuell und war nicht abgeneigt.« William holte nochmals tief Luft. »Um es kurz zu machen, es wurde ein ziemlich wilder Abend zu dritt.«

»Sie wusste, dass du dich zu Männern hingezogen fühlst, und hat es nicht nur akzeptiert, sondern auch mitgemacht«, resümierte ich. »Aber warum wolltest du denn nicht lieber Loraine heiraten? Sie wäre doch die bessere Kandidatin gewesen.«

»Weil mein Vater strikt dagegen gewesen wäre. Loraine hat keinen so makellosen Ruf wie du. Sie wäre nicht würdig, eine Lady Wales zu werden.«

»Ich verstehe.«

»Als ich mich später von ihr getrennt habe«, sprach William weiter, »hatte sie angeblich vollstes Verständnis für mich und wir blieben Freunde. Ich hätte nie für möglich gehalten, dass sie insgeheim beabsichtigte, mich zu vernichten. Ich Idiot«, spie er angewidert aus, »dachte, sie wäre meine Freundin und freue sich für mich und Alex. Als ich den Druck meines Vaters, eine geeignete Ehekandidatin zu finden, nicht mehr ausgehalten habe, hat Loraine mich darin bestärkt, dich zu heiraten. Weil du so naiv und unschuldig gewirkt hast, dass sie meinte, ich könnte weiterhin heimlich mit Alex zusammen sein. Das wollte ich aber nicht und so trennte ich mich schweren Herzens von ihm. Loraine hat mich bei dem Ball nochmals daran erinnert, was ich alles aufgebe. Sie tat verständnisvoll und stellte uns das Zimmer zur Verfügung. Das, wo wir erwischt worden sind. Anscheinend war das von Anfang an ihr Plan gewesen und ich Trottel habe es nicht begriffen.«

»Das tut mir alles sehr leid, William.« Ich legte meine Hand an seine Wange. »Aber ich freue mich dennoch, dass wir uns noch ausgesprochen haben, bevor ich wegfahre.«

»Wo fährst du denn hin?«

Ich erzählte ihm von meinem Vorhaben, den Sommer über im Kinderheim zu arbeiten.

»Machst du das nur wegen mir?«, fragte er traurig.

»Nein, ich mache das für mich.«
Erst in diesem Moment wurde mir bewusst, dass ich tatsächlich den Job nicht mehr annehmen wollte, um dem Skandal zu entkommen. Welcher plötzlich bedeutungslos für mich war. Sollte doch die ganze verdammte Londoner Gesellschaft zum Teufel gehen.
Ich würde etwas Sinnvolles mit meinem Leben anfangen. Etwas tun, das mir mehr bedeutete als irgendwelche Partys oder die Anerkennung reicher Schnösel.
Heute war anscheinend der Tag der Erkenntnisse, sinnierte ich. Ich hatte mich nie mit meinen eigenen Wünschen und Träumen befasst, sondern nur darauf hingearbeitet, eine gute Partie zu machen und zu heiraten. Das würde sich ab sofort ändern.
Nachdem William und ich kurze Zeit später ausgestiegen waren, umarmten wir uns freundschaftlich. »Pass auf dich auf, Alexandra. Und bleib immer so, wie du bist.«
»Das Gleiche wünsche ich mir auch für dich. Lass dich nicht von der Gesellschaft verurteilen. Lebe dein Leben und werde glücklich mit

Alex.«

Nachdem wir uns verabschiedet hatten, lief ich in Richtung meines Autos und spürte eine innere Ruhe und Zufriedenheit in mir. Meine neue Zukunft konnte nun beginnen.

Kapitel 10

Erschöpft von dem langen Flug, trat ich ein paar Tage später aus dem klimatisierten Flughafengebäude. Die heiße Luft, die mir entgegenschlug, ließ mich nach Atem ringen.
Ich schob den Kofferwagen vor mir her und blickte mich neugierig um. Nichts als eine karge, staubige Straße mit einigen kleineren Geschäften gegenüber konnte ich ausmachen. Die Sonne schien erbarmungslos auf mich herab, während ich mich weiterhin umschaute.
Ich wusste, dass mich ein gewisser Clint Banners abholen würde. Er war der Hausbetreuer vom *Paradise,* doch konnte ich keine Person entdecken, die auf mich zu warten schien.
Ich stellte mich, samt Kofferwagen, an den Straßenrand und beobachtete die Menschen, die an mir vorbeiliefen.
Die farbenfrohe Kleidung der einheimischen Frauen faszinierte mich. Ebenso der zufriedene Ausdruck auf ihren Gesichtern. Kein Vergleich

zu den verkniffen dreinschauenden Londonern. Es hing anscheinend mit dem schönen Wetter zusammen, dass die Menschen hier glücklicher auf mich wirkten.

Leider war von meinem Standort aus das Meer nicht zu sehen, doch ich wusste, dass sich direkt am Waisenhaus ein eigener Strandabschnitt befand. Ich würde mit Sicherheit viele Gelegenheiten bekommen, dort schwimmen zu gehen.

Unvermittelt stellte sich eine schlanke, groß gewachsene Blondine neben mich. »Hallo.« Sie lächelte mich an. »Wartest du auch auf Clint Banners?«, sprach sie mich auf Englisch an.

Ich hatte nicht geahnt, dass außer mir noch jemand abgeholt werden sollte. »Hallo. Ja, das tue ich.«

»Ich bin Mary-Anne.« Sie streckte mir ihre Hand entgegen, die ich sofort ergriff.

»Freut mich, Mary-Anne, ich heiße Alexandra.«

»Du bist zum ersten Mal dabei, nicht wahr?«

»Ja, und du?«

»Ich komme jetzt schon zum dritten Mal

hierher.« Als hätte sie die Befürchtung in meinen Augen gesehen, beeilte sie sich zu sagen: »Keine Bange, die Kinder und Mitarbeiter dort sind total locker drauf und einfach wundervoll, du wirst schon sehen.«

Ich hatte keine Möglichkeit, etwas darauf zu erwidern, denn in diesem Augenblick rauschte ein roter Pick-up heran, der vor uns zum Stehen kam. Der Wagen wirbelte dabei eine Menge Staub auf, was mich zum Husten brachte. Zusätzlich bekam ich Sand in die Augen.

Mary-Anne sprang jauchzend in die Luft. »Clint!«

Mit tränenverschwommenen Blick schaute ich zu dem Mann, der aus dem Wagen stieg. Wie vom Donner gerührt, riss ich meine Augen auf und starrte ihn an.

Das war Clint Banners?

Er hätte direkt aus dem Film *Für eine Handvoll Dollar* stammen können. Clint schien nicht nur den Vornamen seines Doppelgängers zu besitzen, sondern war dem Schauspieler wie aus dem Gesicht geschnitten. Selbst einen

Cowboyhut hatte er auf.
Ich hatte schon seit jeher eine Schwäche für alte Cowboyfilme und mir war, als wäre gerade mein Schwarm aus dem Pick-up gestiegen.
Und erst diese fantastischen himmelblauen Augen, die mich gerade abfällig und ungeniert musterten. Das brachte mich wieder in die Realität zurück.
»Guten Tag, Mister Banners«, begann ich. »Mein Name ist Alexandra Ward.«
Er brummte etwas, das eventuell eine Begrüßung sein sollte, und schob sich dann mit hochgezogenen Augenbrauen den Hut in den Nacken. »Ist das alles dein Gepäck?«
Er hatte einen texanischen Akzent, fiel mir auf, und anscheinend duzte man sich beim *Paradise*. Das sollte mir recht sein.
Aber was hatte er an meinem Gepäck auszusetzen?
In diesem Augenblick bemerkte ich, dass Mary-Anne lediglich eine Reisetasche dabeihatte. Wie konnte sie mit nur so wenig Kleidung den Sommer überstehen?
Da Clint mir eine Frage gestellt hatte, sah ich

mich gezwungen, ihm zu antworten. »Ja, das ist mein Gepäck.«
»Schmeiß alles hinten rein.« Er drehte sich einfach um und stieg wieder in den Wagen.
Wie bitte? Er wollte, dass ich mich selbst um meine Koffer kümmerte? Was war das denn für ein Service?
Mary-Anne trat zu mir. »Komm, ich helfe dir.« Sie warf ihre Tasche hinten auf die Ladefläche und griff dann nach einem meiner Koffer.
»Danke.«
Wütend wegen dieses ungehobelten Kerls schnappte ich mir die anderen zwei Koffer und hievte sie hoch, um sie ebenfalls aufzuladen. Was nicht so einfach war, da die Gepäckstücke ziemlich schwer waren.
Insgeheim verfluchte ich mich selbst, so viel mitgenommen zu haben. Bloß hatte ich nicht genau gewusst, was ich einpacken sollte, und fast meinen gesamten Kleiderschrank in den drei Koffern verstaut.
Nachdem mein Gepäck endlich auf der Ladefläche lag, öffnete Mary-Anne die Beifahrertür und stieg ein. Ich lief ihr hinterher, setzte mich

neben sie und schloss die Tür hinter mir.
Zu meinem Glück musste ich nicht neben Clint sitzen, waren meine Gedanken, als ich mich anschnallte und er sofort rasant losfuhr.
Clints offenkundiges Missfallen mir gegenüber verunsicherte mich. Ich blickte stur aus der Frontscheibe hinaus, um nicht mit ihm reden zu müssen. Das brauchte ich auch nicht, denn Mary-Anne quasselte ohne Punkt und Komma auf ihn ein. Clint gab nur ab und zu knappe Antworten oder ein Grunzen von sich. Ich beneidete Mary-Anne dafür, dass sie das Kinderheim und die Menschen, die dort arbeiteten, gut kannte. Und vor allem, dass sie sich mit allen gut zu verstehen schien.
Ich hoffte sehr, dass mir das ebenfalls gelingen würde.
Auch als wir die staubige Landschaft verließen und an einer Straße links des Meeres vorbeifuhren, konnte ich den Anblick nicht so recht genießen. Ich war viel zu angespannt und nervös.
Was würde mich im Kinderheim erwarten?

Kapitel 11

Eine Stunde später erreichten wir endlich unser Ziel. Das weiß gestrichene Hauptgebäude leuchtete ziemlich grell durch die Sonnenstrahlen und blendete mich. Innerlich schlug ich mir auf die Stirn, weil ich meine Sonnenbrille nicht mitgenommen hatte. Drei Koffer voller höchstwahrscheinlich unnützer Dinge und das wichtigste Utensil hatte ich vergessen. Kaum dass Clint den Pick-up zum Stehen gebracht hatte, öffnete ich die Tür und stieg aus. Hinter mir sprang Mary-Anne heraus, die sich gähnend streckte.

Sie war eine halbe Stunde, nachdem wir losgefahren waren, eingeschlafen und hatte ihren Kopf an meine Schulter gelehnt. Die darauffolgende Stille im Auto hatte mich nervös gemacht. Ich hätte mich mit Clint unterhalten können, aber nicht so recht gewusst, worüber. Zumal er auch nicht erpicht darauf gewesen schien, eine Unterhaltung mit mir zu führen.

Ich schaute zur Eingangstür des Waisenhauses

und erblickte einige Leute, die nach und nach aus dem Gebäude kamen. Einige erkannten Mary-Anne wieder und begrüßten sie fröhlich mit einer Umarmung.

Ich stand angespannt neben dem Pick-up und wusste nicht, was ich tun sollte. Clint kam um das Fahrzeug herum auf mich zu und bedeutete mit seinem Arm, ihm zu folgen. Die Gruppe Menschen neben Mary-Anne blickte mich neugierig an, als wir bei ihnen ankamen. Mit einem Mal kam ich mir overdressed vor, in meinem dunkelblauen Kostüm und der weißen Bluse, die bestimmt schon sehr zerknittert aussah. Zudem hatte sich mein Dutt gelöst, wie ich an den Strähnen bemerkte, die mich an meinen Wangen kitzelten. Wenigstens hatte ich flache Schuhe angezogen. Doch ich spürte, dass ich in meinen Ballerinas ins Schwitzen kam.

Tapfer versuchte ich dennoch, freundlich zu lächeln, als Clint mir die Mitarbeiter auf Englisch vorstellte. Anscheinend wurde im Waisenheim kein Spanisch gesprochen.

Die korpulente Frau mit Schürze war die

Küchenchefin Berta. Neben ihr stand eine zierliche, hübsche Mexikanerin, die Maria hieß. Sie lächelte mich nett an, was mich sehr erleichterte.

Ein großer und bullig aussehender Mann mit Namen Paolo war der Stallmeister. Er hatte die wuchtigen Arme vor seiner massiven Brust verschränkt und zwinkerte mir grinsend zu.

Señorita Anna Sienna hingegen, die Lehrerin des Waisenhauses, blickte mich mit gekräuselten Lippen an, als wäre ich unter ihrer Würde.

Immer mehr Kollegen wurden mir vorgestellt, mit den Tätigkeiten, die sie ausübten. Doch nach kurzer Zeit schwirrte mir der Kopf von den ganzen Namen, die ich mir eher nach und nach würde merken können.

Als Clint mit seiner Vorstellungsrunde fertig war, straffte ich die Schultern, um ein wenig Würde auszustrahlen. Während ich ein Lächeln aufsetzte, versuchte ich, mir meine Nervosität nicht anmerken zu lassen. »Es freut mich sehr, eure Bekanntschaft zu machen.«

Irgendwie blickten mich alle befremdlich an. Möglicherweise hätte ein »Hallo« meinerseits

völlig ausgereicht, sinnierte ich.
Die Küchenchefin Berta ergriff als Erste das Wort. »Kommt erst einmal alle herein, dann könnt ihr eine Kleinigkeit essen und etwas Kaltes trinken.«
Mary-Anne hakte sich bei Maria unter und begann, mit ihr auf Spanisch zu sprechen, während wir alle hintereinander eintraten.
Ich spürte Clint in meinem Rücken und wurde immer nervöser. Warum nur verunsicherte er mich so sehr? Vielleicht weil er mich seit meiner Ankunft abschätzend musterte und ich das Gefühl bekam, dass er mich für untauglich hielt, hier zu arbeiten. Im Moment fühlte ich mich selbst völlig inkompetent.
Sobald wir das Innere des Haupthauses erreichten, atmete ich erleichtert auf, denn es war angenehm kühl in der Eingangshalle. Ich erblickte auf die Schnelle links von mir den Speisesaal, geradeaus ging es in die Küche und auf der rechten Seite befand sich ein langer Flur, in dem vermutlich die Verwaltungsbüros untergebracht waren.
Die meisten meiner zukünftigen Kollegen

verabschiedeten sich von uns, um ihrer Tätigkeit nachzugehen. Soweit ich von der Homepage erfahren hatte, waren in den Nebengebäuden die Zimmer der Kinder sowie die Krankenstation und einige Klassenräume untergebracht.

Die Unterkünfte der Mitarbeiter waren über das gesamte Gelände verstreut. In einem Bungalow mit eigenem Bad wohnten immer zwei Angestellte zusammen. Ich hoffte sehr auf eine nette Kollegin.

Außerdem überlegte ich gerade, für welche Tätigkeit ich eingesetzt werden sollte, als ich gemeinsam mit Berta, Mary-Anne, Paolo und Clint die riesige Küche betrat.

Der massive Holztisch in der Mitte sowie die Stühle drumherum erweckten den Eindruck von geselligem Beisammensein. Auf dem Tisch standen einige Teller mit verschiedenen belegten Broten sowie Kannen, in den sich etwas zu trinken befand. Ich spürte, dass ich einen ungeheuren Durst hatte.

»Greift alle ordentlich zu«, forderte uns Berta auf und widmete sich dann den dampfenden

Töpfen auf dem Herd.
Mary-Anne schnappte sich die Kanne sowie ein Glas und schenkte sich von dem Getränk ein. »Möchtest du auch etwas trinken, Alexandra?«
Ich nickte ihr lächelnd zu und griff nach dem Glas, welches sie mir entgegenhielt. »Dankeschön.«
Kaum einen Schluck getrunken, erkannte ich, dass es sich um eine eisgekühlte Zitronenlimonade handelte, und sie schmeckte herrlich erfrischend.
Paolo griff nach einem Sandwich, setzte sich an den Tisch und blickte zu Clint. »Was kannst du mir über die Neue sagen?«, fragte er auf Spanisch.
»Sie ist eine englische Prinzessin«, antwortete er ebenfalls auf Spanisch und grinste Paolo an, der in Lachen ausbrach.
Es ärgerte mich, dass Clint mich so betitelt hatte. Und vor allem, dass er glaubte, ich würde kein Spanisch verstehen.
Clint Banners, mochte er auch noch so verflucht gut aussehend sein, hatte eine Lektion

verdient.
»*No soy una princesa*«, zischte ich aufgebracht.
Ich hatte viele Urlaube bei der Familie meines Vaters in Spanien verbracht und konnte die Sprache perfekt sprechen.
Entgegen meiner Annahme, dass Clint womöglich verlegen sein würde, weil ich ihn in die Schranken gewiesen hatte, wurde ich eines Besseren belehrt. Er lachte plötzlich schallend los, bevor er auf Englisch sagte: »Dein Temperament gefällt mir, Prinzessin.«
Wenn es nicht albern gewesen wäre, dann hätte ich vor Wut mit den Füßen gestampft. Dieser Kerl war einfach unausstehlich.
Ich überlegte, ihn nicht mehr zu beachten, und wandte mich an Mary-Anne, die versuchte, ihr Grinsen vor mir zu verbergen.
»Wo kann ich meine Koffer hinbringen? Ich möchte zu meiner Unterkunft, um mich etwas frisch zu machen.«
Ich ahnte, dass keiner der Männer mir beim Gepäck behilflich sein würde. Zudem hatte sich Clint gerade hingesetzt und nach der Kanne gegriffen, um sich etwas von der

Limonade einzuschenken.
»Komm mit«, antwortete Mary-Anne. »Wir können uns mein Bungalow teilen, wenn du magst.«
»Sehr gerne.« Ich war unendlich erleichtert, dass sie diesen Vorschlag machte, denn noch mehr Ablehnungen hätte ich im Moment nicht ertragen können.
Clint und Paolo würdigte ich keines Blickes, während ich hoch erhobenen Hauptes gemeinsam mit Mary-Anne die Küche verließ. Sollten die beiden doch dahin gehen, wo der Pfeffer wuchs.
Kaum erreichten wir den Hausflur, hörte ich das Gelächter der beiden Männer hinter mir, was mich noch rasender machte.
Mary-Anne schaute mich mitfühlend an. »Mach dir nichts draus, Alexandra. Die wollen dich nur ein wenig aufziehen.«
Ich gab lediglich ein Schnauben von mir.
Nachdem ich draußen mein Gepäck von der Ladefläche des Pick-ups heruntergezerrt hatte, begann die Tortur. Ich schleifte die Koffer mehr über den Boden, als dass ich sie trug. Mit

jedem Meter, den ich hinter Mary-Anne herlief, schienen sie schwerer zu werden.
Am liebsten hätte ich wie ein kleines Kind »Wann sind wir endlich da?« ausgerufen.
Doch ich verkniff mir jeglichen Kommentar, denn meine neue Mitbewohnerin war schließlich so nett gewesen, mir mit dem dritten Koffer behilflich zu sein. Allein hätte ich es niemals geschafft.
Die Sonne brannte unbarmherzig auf meinen Schädel und ich keuchte wie ein Walross. Immer einen Schritt nach dem anderen, lief ich den schmalen Pfad hinter Mary-Anne her.
Kurze Zeit später, als wir endlich an schattenspendenden Bäumen ankamen, spürte ich einen Lufthauch und den Duft des Meeres. Die salzige Brise ließ mich sehnsuchtsvoll danach lechzen, sofort ins kühle Nass zu springen.
Sobald wir an einem abseits gelegenen Bungalow neben mehreren Bäumen ankamen, war ich völlig nassgeschwitzt, aber auch überwältigt, denn die Gegend glich einem Postkartenmotiv.
Vor uns erstreckte sich der Strand und rechts

befand sich der Bungalow. Anscheinend war es unserer. Das war der letzte in einer Reihe anderer, die wir passiert hatten. Wir hatten den besten Platz von allen, dachte ich überglücklich.

Mary-Anne stieg die drei Stufen der Veranda hoch und öffnete mit ihrem Ellenbogen die einfache Holztür, da ihre Hände nicht frei waren. Offenbar wurde hier nicht abgeschlossen, dachte ich bei mir, als ich direkt hinter ihr unsere Bleibe für die nächsten drei Monate betrat. Während wir beide fast gleichzeitig das Gepäck auf den Holzboden fallen ließen und uns mit einem kollektiven Stöhnen auf das Sofa schmissen, prusteten wir los.

»Alexandra, den ganzen Weg hierher habe ich dich innerlich verflucht.«

»Das tut mir leid«, sagte ich zerknirscht. »Aber ich bin dir sehr verbunden, dass du mir geholfen hast.«

Sie hob wegwerfend ihre Hand. »Alles okay, ich lebe ja noch. Welches Zimmer möchtest du haben?« Sie deutete mit dem Kopf auf die zwei offenstehenden Türen, hinter denen ich jeweils

ein einfaches Holzbett mit Nacht- sowie Kleiderschrank sehen konnte.
»Keine Ahnung.« Ich zuckte mit den Schultern. »Such du dir das Zimmer aus, welches dir am besten gefällt.«
»Dann nehme ich das linke«, meinte sie und stand stöhnend auf. Während sie ihre Reisetasche einsammelte, blickte sie mich über die Schulter an. »Ich dusche zuerst.«
Ich musste grinsen. »Klar, kein Problem.«
Nun stand ich ebenfalls schwerfällig auf und zerrte meine drei Koffer in Richtung Tür, um mich in meinem neuen Domizil einzurichten.

Kapitel 12

Frisch geduscht und mit meiner Arbeitsuniform bekleidet lief ich mit Mary-Anne am späten Nachmittag in Richtung Haupthaus. Unsere Kleidung bestand aus einer dunkelblauen kurzen Hose sowie einem einfachen T-Shirt im gleichen Farbton mit dem Logo des Waisenhauses.

Unterwegs zupfte ich ständig an meiner Hose herum, die am Po ein wenig zu knapp saß. Darüber hinaus missfiel mir der V-Ausschnitt des Oberteils, denn meine Brüste drohten beinahe herauszufallen. Vielleicht hatte das Waisenhaus meine Konfektionsgröße falsch notiert?

Bei Mary-Anne zumindest saß die Kleidung perfekt. Sie hatte auch mindestens drei Kleidergrößen weniger als ich. Vor allem ihre langen Beine kamen in der kurzen Hose sehr gut zur Geltung.

Als sie meine Blicke bemerkte, grinste sie mich an. »Normalerweise würdest du nicht in

solchen Klamotten herumlaufen, nicht wahr?«
Ich wollte nicht, dass sie mich für einen Snob hielt. »Nein, das ist es nicht. Ich finde nur, dass die Kleidung zu sehr meinen unförmigen Körper zur Schau stellt.«
Mary-Anne lachte los. »Ja, du hast im Gegensatz zu mir wenigstens Rundungen, die kaum zu übersehen sind.«
Ich verzog mein Gesicht, denn viel lieber hätte ich ihre schlanke Figur gehabt.
Ich wollte gerne das Thema wechseln. »Erzähl mir etwas von dir. Wo kommst du her und was tust du, wenn du nicht in einem Waisenhaus arbeitest?«
»Ich bin aus New York und arbeite dort als Assistenzärztin in der Pädiatrie. Jeden Sommer verwende ich meinen Urlaub sowie die Unmengen an Überstunden, um hier zu arbeiten. Und was ist mit dir? Was machst du so in dem schönen Monarchie-Staat?« Sie zwinkerte mir schelmisch zu. »Du bist doch nicht etwa adelig?«
Während ich überlegte, wie viel ich ihr erzählen sollte, dachte ich mir, dass es in diesem Teil

Mexikos egal wäre, da keiner die Familie Wales oder meine eigene kannte.
»Ich bin keine Adelige, wäre es aber fast geworden.«
»Erzähl!«, verlangte sie, begierig, mehr zu erfahren, was mich zum Schmunzeln brachte.
»Es ist eine lange Geschichte, aber die Kurzfassung ist: Ich habe mich von meinem Verlobten, einem Lord, getrennt und kam dann hierher.«
»Die lange Version der Geschichte will ich aber auch hören.«
»Bei Gelegenheit erzähle ich dir mehr«, versprach ich.
Wir erreichten das Haupthaus und liefen durch die Tür, als uns Paolo entgegenkam. Er war gerade im Begriff, zu den Ställen zu gehen, wie er uns mitteilte.
Ich hoffte sehr, dort auch einmal tätig sein zu dürfen. Mit Pferden kannte ich mich schließlich aus und ich genoss es, reiten zu gehen.
Mary-Anne bog nach rechts in den Gang des Verwaltungsbereiches. »Lass uns fragen gehen, wo wir für heute Abend eingeteilt sind.«
Wir erreichten das letzte Zimmer. Durch die

offen stehende Tür sah ich Clint hinter dem Schreibtisch sitzen. Er war über einige Blätter gebeugt, als Mary-Anne und ich eintraten.

Als er seinen Kopf hob und mich betrachtete, hatte ich das Gefühl, überhaupt nichts anzuhaben. Er taxierte mich von oben bis unten mit einem frechen Grinsen, bei dem ich mich am liebsten hinter Mary-Annes Rücken versteckt hätte.

Der Kerl brachte mich schon wieder auf die Palme und dabei hatte er noch nicht ein Wort gesagt. Das ließ jedoch nicht lange auf sich warten. »Ihr beide seid für die Beaufsichtigung der Kinder während des Abendessens im Speisesaal eingeteilt. Andrew und Jane warten dort schon auf euch. Später gebe ich euch den Dienstplan für die nächsten Tage.«

Anscheinend waren wir entlassen, denn er blickte wieder auf seine Blätter hinunter.

Mary-Anne schien seine ungehobelte Art nichts auszumachen, denn sie lächelte und meinte »Alles klar, Clint. Bis später« und schaute dann zu mir. »Komm, lass uns gehen.«

Sobald wir den Speisesaal betraten, hätte ich

am liebsten wieder kehrtgemacht. Die Geräuschkulisse war enorm. Lauter zappelnde und laut schnatternde Kinder saßen an den acht Tischen, die im Raum verteilt waren. Immer zwei Tische in einer Reihe, an denen anscheinend nach Altersgruppe sortiert jeweils zwei bis drei Kinder saßen.

Mary-Anne lief zu einem jungen Mann mit roten Haaren, der an einer der Tischgruppen saß. Das musste Andrew sein. Am Nachbartisch befand sich eine zierliche Blondine, die mich abfällig musterte.

Das konnte ja heiter werden, dachte ich mir. Nicht einmal an einem abgelegenen Ort in Mexiko war ich von giftigen Blondinen befreit. Ich beschloss aber, jedem die gleiche Chance einzuräumen, und lächelte Jane an. Sie hingegen verzog keine Miene.

»Hallo, ihr beiden«, grüßte uns Andrew und ich nahm den Blick von Jane. Nachdem ich mich den beiden vorgestellt hatte, blickte Jane zu Mary-Anne. »Du bist heute bei den Fünf- bis Siebenjährigen eingeteilt und die Neue bei den Zwei- bis Vierjährigen.«

Die Neue, wie charmant. Mit einem Seufzen lief ich zur Tischgruppe, an der sich die jüngsten Kinder befanden. Sie saßen auf Hochstühlen, um nicht zu fallen.
Ich lächelte die vier Kleinen an und setzte mich zu ihnen. Es waren drei Mädchen und ein Junge. Auf dem Tisch standen Schüsseln mit Kartoffelbrei sowie Hackbällchen in Tomatensoße.
»Hallo, ihr Süßen, ich bin Alexandra und wie heißt ihr?«
Große Kulleraugen blickten mich eingeschüchtert an. Offenbar hatten sie Angst vor mir, aber ich versuchte dennoch, mein Lächeln beizubehalten.
Munter redete ich über belanglose Dinge mit den Kleinen, während ich ihnen ihr Essen in die kleinen Plastikschüsseln verteilte. Fast jedes Kind brauchte Hilfe beim Essen, sodass ich mir einen Spaß machte und immer wieder Flugzeuggeräusche machte, als ich mit den kleinen Löffeln in Richtung ihrer Münder *flog*. Glucksend aßen sie ihre Mahlzeit, wobei wir an unserem Tisch den größten Krach und die

meiste Schweinerei veranstalteten.
Nachdem die Kleinen satt waren, lächelten sie mich mit ihren verschmierten Gesichtern an und mein Herz ging auf. Sie waren einfach zuckersüß anzusehen.
»So, ihr kleinen Dreckspätze, verratet ihr mir jetzt eure Namen?«
Kichernd schüttelten sie ihre Köpfe, was mich zum Lachen brachte.
Mein Blick fiel auf Jane, die ein paar Meter weiter saß und mich miesepetrig anschaute. Anscheinend hatte sie gedacht, dass es eine Strafe wäre, mich zu den Zwei- bis Vierjährigen zu setzen.
Weil ich meinen Job gemeistert hatte, fühlte ich mich in diesem Moment so übermütig, dass ich ihr am liebsten ganz undamenhaft die Zunge herausgestreckt hätte.
Während die Küchen-Crew begann, die Tische abzuräumen, erschien Maria mit drei weiteren Kollegen, an deren Namen ich mich nicht erinnern konnte, um die Kinder zu baden und anschließend ins Bett zu bringen.
Ich verabschiedete mich von den vier Kleinen

und ging mit Mary-Anne sowie Andrew und Jane in die Küche, um ebenfalls etwas zu essen. Der Appetit war mir aber restlos vergangen nach all dem Gemansche an unserem Tisch.

Sobald ich mich hingesetzt hatte, griff ich nach der Kanne mit der Zitronenlimonade und goss mir etwas ein. Während ich noch überlegte, ob ich mir eventuell doch etwas zu essen nehmen sollte, erschien Clint in der Küche. Er hatte einige Blätter in der Hand und begann, sie unter uns zu verteilen.

Ich blickte auf meinen Bogen und las zu meiner Freude, dass ich in den nächsten drei Tagen für die Betreuung der Kinder zum Frühstück und anschließend am Strand eingeteilt worden war. Ich freute mich sehr darauf.

Kurze Zeit später machte ich mich mit Mary-Anne auf, um zu unserem Bungalow zu gehen. Es war ein langer Tag gewesen und ich war erschöpft.

Als ich in meinem Zimmer aus dem Fenster schaute, erblickte ich den Himmel mit den unzähligen Sternen und ein Gefühl von Vorfreude kam in mir auf.

Ja, Alexandra, du hast das Richtige getan. Es war gut, hierherzukommen.

Kapitel 13

Mein nächster Arbeitstag begann damit, das mich Mary-Anne weckte, indem sie polternd die Tür aufriss. »Beeil dich, sonst musst du hierbleiben.«
Noch während ich mich aufsetzte, überlegte ich, was sie mir damit sagen wollte. Aber ich hatte keine Gelegenheit, sie zu fragen, denn sie verschwand sogleich ins Bad. Ich strich mir die Haare aus dem Gesicht und stieg mit einem Stöhnen aus dem Bett.
Als ich zum angrenzenden Bad schlürfte, kam Mary-Anne gerade heraus und rannte zur Bungalowtür. »Ich gehe schon mal vor.«
Ich brachte nur ein verwirrtes »Okay« heraus, während sie hinter sich die Tür schloss.
Sobald ich geduscht und die Dienstkleidung angezogen hatte, packte ich meine Badetasche. Ich legte meinen Badeanzug sowie Handtuch und Sonnenschutz hinein und machte mich ebenfalls auf den Weg zum Haupthaus. Ich freute mich sehr auf den Tag am Strand.

Kaum hatte ich den Speisesaal betreten, kam mir Clint entgegen. »Du bist zu spät. Ich habe keine Zeit, mich zusätzlich noch um die Frühstücksbetreuung zu kümmern.«
Er deutete mit dem Kinn zu dem Tisch mit den jüngsten Kindern, an dem er bis vor Kurzem noch gesessen hatte. Die Kleinen warteten darauf, ihr Frühstück zu bekommen. Ich bekam ein schlechtes Gewissen, weil die Kinder sicher hungrig waren und ich so getrödelt hatte.
Ich blickte zurück zu Clint. »Tut mir leid. Es wird nicht wieder vorkommen.« Kaum trat ich einen Schritt vor, stoppte er mich, indem er sich mir in den Weg stellte. »Du bist übrigens heute nach dem Frühstück in der Küche eingeteilt.«
»Wie bitte?«
»Wer verschläft, muss Küchendienst machen.«
Es schien ihm eine diebische Freude zu bereiten, mich zu schikanieren, wie ich an seinem Grinsen bemerkte.
Jetzt wurde mir auch klar, was Mary-Anne damit gemeint hatte, dass wenn ich zu spät aufstand, hierbleiben musste.

Wütend auf mich selbst, gab ich Clint keine Antwort darauf und ließ ihn einfach stehen. Ich beeilte mich, Platz zu nehmen, setzte ein Lächeln auf. »Guten Morgen, ihr kleinen Rabauken, habt ihr schon großen Hunger?«
Ich spürte Clints Blick in meinem Rücken, aber ich ließ mir nichts anmerken und begann, Müsli in die kleinen Schälchen zu verteilen.

Eine Stunde später, während die meisten meiner Kollegen zum Strand hinunterliefen, um sich einen schönen Tag zu machen, begab ich mich in die Küche.
Kaum hatte ich den heißen Raum betreten, wurde ich von Berta abschätzend taxiert. »Hast du überhaupt jemals gekocht?«
Hatte ich noch nie, aber ich würde mich hüten, ihr das mitzuteilen. »Ja, natürlich.«
Sie blickte mich an, als ahnte sie, das ich log. »Na gut, dann fang mit den Kartoffeln an.« Sie deutete mit dem Arm zum riesigen Sack, der auf dem Boden neben der Spüle stand.
Ich war fassungslos. So viele Kartoffeln sollte ich schälen? Ich würde es nicht einmal bis

Sonnenuntergang schaffen, damit fertig zu werden.
»Hast du irgendwelche Probleme damit?« Berta schien verärgert, weil ich mich nicht sofort in Bewegung setzte. Oder sie hatte vielleicht den Verdacht, ich würde mich weigern, niedere Arbeiten zu verrichten. Außerdem blickten mich die anderen Küchenhilfen argwöhnisch an.
»Ähm, nein, alles bestens.«
Ich beeilte mich, zur Spüle zu laufen. Widerstrebend nahm ich das Messer zur Hand und beugte mich zu dem Sack Kartoffeln hinunter. Noch während ich begann, die erste Kartoffel zu schälen, verfluchte ich gedanklich den unausstehlichen Kerl von Neuem.
Aber ich würde mich nicht unterkriegen lassen!
Ich schaffte es tatsächlich, die Kartoffeln zwei Stunden später in einen riesigen Topf zu werfen und auf den Herd zu stellen.
Für Bertas Verhältnisse war ich viel zu langsam gewesen, aber ich war trotzdem stolz auf mich. Mein Kreuz tat mir zwar weh, doch ich

bemühte mich, mir nichts anmerken zu lassen. Mittlerweile waren auch die anderen Küchenhilfen fertig und setzten sich an den Tisch. Lautstark unterhielten sie sich, während sie nebenbei Limonade tranken. Ich hatte ebenfalls Durst, aber traute mich nicht, mich dazuzusetzen.

Fragend blickte ich Berta an. »Kann ich noch etwas tun?«

»Der Abwasch muss gemacht werden, aber setz dich ruhig zu den anderen an den Tisch.«

Berta schien Mitleid mit mir zu haben. Das war etwas, was ich hasste. »Nein, kein Problem, ich mach den Abwasch.«

Schnurstracks lief ich zur Spüle, an der sich Töpfe, Pfannen und Schüsseln stapelten. Keiner sollte behaupten, ich würde mich vor der Arbeit drücken.

Nachdem ich mit dem Abwasch fertig war, begann die Küchen-Crew, das Essen und die Getränke in den Speisesaal zu bringen.

Ich schnappte mir zwei Kannen Limonade und machte mich ebenfalls auf den Weg. Die Kinder saßen alle schon an den Tischen und

unterhielten sich lautstark, was mich heute weniger störte. Man gewöhnte sich anscheinend an den Geräuschpegel.
Kaum erreichte ich den Tisch der Zehn- bis Dreizehnjährigen, spürte ich plötzlich etwas an meinem Scheinbein. Erschrocken blickte ich hinunter und erkannte, dass ein Junge mir ein Bein stellte. Ich hatte keine Gelegenheit, zu reagieren, dann flog ich auch schon im hohen Bogen, mitsamt den zwei Kannen, durch die Luft. Wie in Zeitlupe sah ich die Limonade herausschießen und im Anschluss darauf landete ich dann schlitternd in der Pfütze. Polternd knallten die Kannen auf den Boden, weil ich sie hatte fallen lassen.
Lautes Gelächter brach aus und ich musste mich stark zusammenreißen, um nicht loszuheulen. Noch während ich mich beschämt aufrappelte, erblickte ich Jane, die neben dem Jungen saß, der mir ein Bein gestellt hatte und mich hämisch angrinste. Dieses Miststück hatte ihn dazu angestiftet, da war ich mir ganz sicher!
Dann entdeckte ich Clint an der Tür und ich

stieß innerlich einen Fluch aus. Musste er gerade jetzt hierherkommen, wenn ich mich wie ein gestrandeter Wal auf dem Boden wälzte?
Ich stand auf und griff nach den Kannen. Zum Glück waren sie aus Plastik und daher heil geblieben. Was man von meinem Stolz nicht behaupten konnte.
Kaum dass ich ein paar Schritte in Richtung Küche gemacht hatte, um einen Wischlappen zu holen, kam Clint in den Speisesaal und das Gelächter verstummte augenblicklich. Überrascht blieb ich stehen.
Clint baute sich wütend vor dem Jungen auf. »Pepe, das war sehr ungezogen von dir. Du weißt, was du zu tun hast?«
Pepe blickte zu Boden. Nicht ohne noch vorher einen flehenden Blick in Richtung Jane zu werfen. Aber die blöde Ziege tat ganz unschuldig. »Ja, Señor Clint«, sagte er beschämt.
Daraufhin sprang der Junge vom Stuhl und lief auf mich zu. »Ich entschuldige mich für mein Verhalten, Señorita. Und natürlich werde ich sofort den Boden wischen.«
Ich war perplex, hatte aber keine Gelegenheit,

zu reagieren, denn er rannte schon aus dem Speisesaal. Wahrscheinlich, um ein Putztuch zu holen.
Ich blickte dankbar zu Clint, doch er schien immer noch aufgebracht zu sein und musterte jedes der Kinder. Als Letztes starrte er Jane an, die einen hochroten Kopf bekam. »So ein Verhalten werde ich nicht dulden, habt ihr verstanden?«
Alle nickten betreten und pressten ein »Ja, Señor« hervor.
Ohne einen weiteren Kommentar drehte Clint sich um und lief eilig hinaus. Ich hatte keine Möglichkeit, mich für seine Unterstützung zu bedanken.
Da ich vorhatte, mich in meinem Bungalow umziehen zu gehen, verschob ich das auf später.

Kapitel 14

Nach einem anstrengenden Tag in der Küche und dem darauffolgenden Abendessen meldete ich mich freiwillig, den Abwasch zu machen. Ich fühlte mich einsam und wollte mich mit Arbeit ablenken.

Warum nur wurde ich weder mit den Kindern noch mit meinen Kollegen richtig warm? Ich war höflich und zuvorkommend. Was sollte ich denn noch machen?

Ich spürte, dass sich jemand neben mich gestellt hatte, und schaute zur Seite. Clint blickte mich mit einem unergründlichen Ausdruck an, was mich nervös machte. Was hatte er nun schon wieder auszusetzen?

»Alles in Ordnung mit dir?«, fragte er.

Was sollte ich darauf antworten? Schließlich hatte er selbst gesehen, wie schwer es mir fiel, Anschluss zu finden.

»Ja, alles bestens«, sagte ich knapp.

Ich wollte, dass er mich in Ruhe ließ, denn ich hatte keine Lust auf weitere Kommentare

bezüglich meiner Unfähigkeit.
»Ich gebe dir einen guten Rat, Prinzessin. Wenn du dein damenhaftes Getue ablegst, dann werden dich die anderen auch akzeptieren.«
Das war doch die Höhe! Ich hätte diesem eingebildeten Kerl gerne die Meinung gesagt, aber er drehte sich um und lief aus der Küche. Ließ mich einfach stehen. Ich kochte vor Wut.

Ich war erschöpft und total verschwitzt, während ich den Müllsack in den Container warf, der sich hinter dem Haupthaus befand. Nun hatte ich endlich Feierabend. Ich würde mich hüten, nochmals zu verschlafen, denn ich wollte nie wieder in der Küche arbeiten.
Ich schaute mich um und genoss die Stille. Ab und an hörte ich in der Ferne einen Hund bellen, aber ansonsten war es ruhig. Zudem wehte eine warme, salzige Meeresbrise zu mir herüber und ich beschloss, zum Strand hinunterzugehen. Ich könnte außerdem meine schmerzenden Füße mit dem Wasser ein wenig kühlen, dachte ich, als mich eine Bewegung rechts

von mir aus meinen Gedanken riss.
Im Bungalow mir gegenüber hatte jemand das Fenster geöffnet. Ich erkannte die Silhouette von Clint, der offenbar die milde Abendluft hereinlassen wollte.
Da ich hineinsehen konnte, machte ich einen Sessel aus, welcher neben einem Beistellstich stand, mit einer kleinen Lampe darauf. Offenbar wohnte Clint in der Nähe des Haupthauses, um bei eventuellen Schwierigkeiten sofort zur Stelle zu sein.
Weil es draußen dunkel war, konnte Clint mich nicht sehen, ich ihn dafür umso besser erkennen.
Als er sich sein T-Shirt abstreifte und dann die Jeans hinunterzog, nahm ich beschämt den Blick von ihm. Nur um dann wieder hinzuschauen. Er war ein sehr attraktiver Mann, musste ich zu meinem Unmut gestehen.
Sein Körper war sportlich-sehnig und wies kein Gramm Fett zu viel auf. Selbst durch die Entfernung konnte ich erkennen, dass er einen flachen, durchtrainierten Bauch hatte.
Wie alt er wohl war? Ich schätzte ihn auf Ende

dreißig, aber sein Körper sah aus wie der eines Mannes Ende zwanzig.

Clint stand in Boxer-Shorts vor dem Fenster, stützte sich am Fensterbrett ab und blickte nachdenklich in den Himmel hinauf.

Ich wünschte mir, ich könnte diesen Moment mit der Kamera einfangen, wie er so vom Mondlicht beschienen wurde. Erst als er ein Seufzen ausstieß und mit beiden Händen durch seine Haare fuhr, zerstörte es den Augenblick.

Kaum, dass ich mich abwenden wollte, konnte ich beobachten, dass er seine Boxer-Shorts auszog. Völlig perplex stand ich dort, als er in Richtung Sessel lief und mir damit, ohne es zu ahnen, seine Kehrseite präsentierte. Seine breiten Schultern und der knackige Hintern ließen mich fast aufstöhnen. Warum musste dieser flegelhafte Kerl einen so verflucht heißen Körper haben?

Clint ließ sich auf den Sessel fallen und blickte dabei zur Decke. Was für ein Anblick! Ich fuhr mit der Zunge über meine trockenen Lippen, als ich seine bronzefarbene, glänzende Haut betrachtete, die vom Licht der Lampe beleuchtet wurde. Er saß regungslos dort und schien tief in Gedanken zu sein. Über was grübelte er wohl gerade?

Vage wurde mir bewusst, dass ich einige Schritte in seine Richtung unternommen hatte und nun höchstens fünf Meter von ihm entfernt stand. Da er seine Lider geschlossen hatte, hoffte ich, dass er mich nicht bemerkte. Ich genoss es sehr, ihn zu betrachten.

Sein Brustkorb wirkte wie aus Stein gemeißelt, wobei sein Bauch ebenfalls stahlhart zu sein schien. Als ich zwischen seine Beine schaute, musste ich trocken schlucken, denn auch wenn sein Schaft nicht erigiert war, so war er dennoch außerordentlich lang und dick. Wie groß er wohl im steifen Zustand wäre?

Als er plötzlich seine Beine jeweils über die Sessellehnen legte und sich zwischen die Beine fasste, hätte ich fast aufgekeucht. Mit der einen Hand fuhr er über die gesamte Länge seines Gliedes, während er mit der anderen seinen Hoden streichelte.

Mein Herz schlug heftig gegen meinen

Brustkorb, denn sein Glied wurde stetig größer. Nun hatte ich meine Antwort, wie groß er werden konnte. Und zwar enorm. Passte er überhaupt in eine Frau hinein?
Ich sollte gehen. Es war nicht richtig, einen Menschen in solch einem intimen Moment zu beobachten. Doch zu meiner Schande musste ich mir selbst eingestehen, dass ich den Blick nicht abwenden konnte.
In mir drängte sich der Gedanke auf, ob ich dazu verdammt wäre, immer wieder Menschen bei ihren sexuellen Handlungen zu betrachten, während ich der Enthaltsamkeit frönte.
Erst William mit Alex und nun Clint. Konnte ich nicht endlich auch einmal selbst richtigen Sex haben?
In diesem Moment bemerkte ich, dass Clint mit seiner Hand immer schneller über seine Erregung rieb. Ich war völlig berauscht von diesem Anblick und biss mir in die Unterlippe, um nicht laut aufzustöhnen.
Clint hatte den Kopf in den Nacken gelegt und seine Lider waren noch immer geschlossen.

Zudem atmete er heftig, während seine Haut vor Schweiß glänzte. Was oder wen stellte er sich gerade vor? Es war schade, dass ich nicht in seinen Kopf hineinsehen konnte.
Clints Lippen teilten sich und er stieß ein leises Keuchen aus.
In diesem Moment wünschte ich mir, dass es meine Hände wären, die ihn berührten, und dass ich es wäre, die ihm Lust verschaffte.
Er biss sich in die Unterlippe, vielleicht, um seine Lust nicht laut hinauszustöhnen.
Die geschwollenen Halsadern sowie das heftige Heben und Senken seines Brustkorbes brachten meine Brustwarzen dazu, sich aufzurichten. Er sah göttlich aus in seiner Lust.
Erst als Clint mit einem tiefen Grollen zum Höhepunkt kam, begriff ich, dass ich mich wie ein Eindringling benommen hatte.
So schnell meine Beine mich trugen, lief ich davon. In Richtung Strand, um mich vor Scham am liebsten in die Fluten zu stürzen. Ich brauchte eine Abkühlung, von der inneren sowie auch äußeren glühenden Hitze, die mich schier zu verschlingen drohte.

Nie in meinem Leben würde ich jemals dieses Schauspiel vergessen. Clint Banners hatte eine Saite in mir zum Vibrieren gebracht, die mich völlig verwirrt zurückließ.

Kapitel 15

Am nächsten Morgen erwachte ich total verschwitzt, nach einer Nacht mit erotischen Träumen. Immer wieder hatte ich den lustvollen Gesichtsausdruck von Clint vor Augen gehabt. Nur, dass ich in meinem Traum unter ihm gelegen hatte und er heftig in mich eingedrungen war. Bei Tageslicht schämte ich mich abgrundtief dafür, ihn in solch einem intimen Augenblick beobachtet zu haben.

Auch wenn er davon nichts wusste, so scheute ich mich davor, ihm heute zu begegnen. Ich hatte Angst, dass er es mir ansehen würde, was völlig verrückt war.

Da ich sogar noch vor Mary-Anne wach geworden war, beeilte ich mich, ins Bad zu flitzen. Nachdem ich die Arbeitskleidung übergestreift hatte, stand meine Mitbewohnerin auf.

»Du hast deine Lektion gelernt, wie ich sehe.«
Sie grinste mich mit verstrubbelten Haaren an.

Ich saß auf dem Sofa, um auf sie zu warten. »Ja, ich will unbedingt zum Strand, also beeil

dich.«
»Wenn du magst, kannst du auch vorgehen.«
»Nein, schon gut, wir haben noch massenhaft Zeit.«
Während ich wartete, schickte ich eine Nachricht an Luise. Bis auf meine Mitteilung vor ein paar Tagen, als ich ihr geschrieben hatte, gut angekommen zu sein, hatten wir uns nicht mehr beieinander gemeldet.
Ich teilte ihr mit, dass ich mich gut eingelebt hätte und die Arbeit viel Spaß machte.
Über mein Problem, Anschluss zu finden, wollte ich ihr nichts erzählen. Genauso auch, dass mich Clint stets nervte mit der *Prinzessin.*
Luise antwortete mir, dass sie sich mit mir freute und sehr stolz auf mich wäre.
Das erwärmte mein Herz. Ja, ich war selbst auch überrascht, wie unbeschwert und glücklich ich mich trotz allem hier fühlte. London, sowie die Gesellschaft der Arroganten, Adeligen und Reichen waren mir im Moment völlig gleichgültig.

Gemeinsam mit Mary-Anne betrat ich eine

halbe Stunde später den Speisesaal. Heute war ich bei den Zehn- bis Dreizehnjährigen eingeteilt, und sobald ich mich gesetzt hatte, fiel mein Blick auf Pepe, der mich schüchtern ansah. Er hatte anscheinend Angst, dass ich ihm das mit dem Beinstellen immer noch übel nahm. Deswegen sprach ich ihn an. »Guten Morgen, Pepe, kannst du mir deine Freunde vorstellen?«

Ein zaghaftes, aber erleichtertes Lächeln erschien auf seinem Gesicht. »Ja, sehr gerne, Señorita.«

Das Mädchen mir gegenüber hieß Margarita und sie schien die Älteste am Tisch zu sein. Das bestätigte sich mir, als Pepe mir mitteilte, dass sie schon dreizehn Jahre alt war. Links und rechts von ihr saßen zwei Jungs, José und Mateo. Beide waren elf Jahre alt, genauso wie Pepe.

Gut gelaunt frühstückte ich mit den Kindern, und sobald wir fertig waren, schnappten wir uns unsere Taschen und machten uns gemeinsam auf den Weg zum Strand.

Unterwegs dorthin erhaschte ich einen Blick in

Richtung der anderen Gruppen und musste schmunzeln, als ich Janes verkniffenes Gesicht sah. Sie war bei den Jüngsten eingeteilt worden und hatte daher eine Menge zu managen. Jedes der Kinder verlangte ihre volle Aufmerksamkeit. Zusätzlich war sie vollgepackt mit Taschen, während sie mies gelaunt versuchte, die Kleinen zum Weiterlaufen zu bringen.

Ich hingegen unterhielt mich fröhlich mit meinen Schützlingen, während wir den Pfad hinunter trotteten.

Mary-Anne ging mit ihrer Gruppe neben uns her. Sie hatte die Aufsicht über die Acht- bis Zehnjährigen und ebenso wie ich nicht sehr viel zu tragen.

Sobald wir die Bucht erreichten, nahm ich einen tiefen Atemzug und ließ die wundervolle Umgebung auf mich wirken. Ein weißer, traumhafter Strand sowie die sanften Wellen des Meeres machten diesen Ort zu einem Paradies. Kein Wunder, dass das Waisenhaus diesen Namen trug.

Aber ich war nicht zum Spaß hier und kümmerte mich erst um meine Schützlinge. Da die

Kinder schwimmen konnten, brauchte ich sie nur einzucremen. Sobald wir unsere Handtücher ausgebreitet hatten, rannten die Kinder auch schon los, um sich in die Fluten zu stürzen. Ich setzte mich auf mein Badetuch und sah den tollenden Knirpsen im Wasser zu.

»Schwimmt nicht zu weit hinaus!«, rief ich ihnen hinterher.

Mary-Anne legte den Kindern die Schwimmflügel an und scheuchte sie ebenfalls zum Wasser. Dann platzierte sie ihr Handtuch neben meinem und setzte sich.

»Fast könnte sie einem leidtun, aber nur fast«, bemerkte sie mit einem Blick zu Jane.

Ich blickte ebenfalls zu der blonden Frau hinüber und brach in Lachen aus. Denn sie hatte alle Hände voll zu tun mit den Kleinkindern.

»Wer anderen eine Grube gräbt …«, sinnierte ich.

Meine Schultern sackten herab und ich entspannte mich. Nebenbei hatte ich stets ein Auge auf meine Schützlinge. Ab und an musste ich Pepe, dem Rabauken der Gruppe, ermahnen, die Mädchen nicht zu ärgern, aber

im Großen und Ganzen genoss ich den Vormittag in vollen Zügen.
Aus dem Augenwinkel bemerkte ich nach einer Weile, dass Clint ebenfalls zum Strand gekommen war. Mein Gott, sein Körper war atemberaubend in den schwarzen Bade-Shorts. Ich beobachtete ihn, wie er die Kinder sowie die Betreuer begrüßte und sie fragte, ob alles in Ordnung wäre.
Während er auf Mary-Anne und mich zulief, schämte ich mich plötzlich für meinen Körper. Mary-Anne sah in ihrem roten Bikini fantastisch aus, aber ich fühlte mich wie ein dicker Elefant in meinem schwarzen Badeanzug. Ich griff nach meinem bunt gemusterten Pareo und hoffte, damit meine Rundungen etwas zu verdecken.
In diesem Moment entbrannte bei den Kindern von Mary-Anne ein Streit zwischen zwei Jungs und sie sprang in die Höhe.
»Hey, hier wird nicht geschubst, Manolo!«, rief sie ihm zu und rannte los, weil der andere Junge zu weinen anfing.
Als Clint sich neben mich stellte, schaute ich zu

ihm hoch. »Hallo«, sagte ich schüchtern. Mir wurde ganz heiß von seinem durchdringenden Blick.

»Hallo, Prinzessin, alles in Ordnung mit den Kindern?«

Ich schaute kurz nach rechts, wo die Kleinen gerade eine Burg bauten, und nickte. »Ja, alles bestens.«

Er machte keine Anstalten, zu gehen. Im Gegenteil, er ließ sich direkt neben mir in den Sand fallen und das ziemlich nah, wie ich bemerkte. Clint schaute mir tief in die Augen, mit einem Blick, der mich ganz nervös machte. Ich war völlig gefangen von seinen wundervollen blauen Augen sowie auch seinem Duft, der zu mir herüberwehte. Ein Aroma von Moschus und Leder.

Plötzlich grinste er anzüglich. »Hat dir gefallen, was du gestern Abend gesehen hast, Prinzessin?«

Erschrocken keuchte ich auf. Er hatte gewusst, dass ich ihn beobachtet hatte? Oh Gott, wie peinlich!

Ich spürte meine heißen Wangen und wusste

nicht, was ich sagen sollte. Erwartete er jetzt, dass ich mich bei ihm entschuldigte?
Er beugte sich zu mir und flüsterte mir ins Ohr: »Das war sehr ungezogen von dir, Prinzessin, mich dabei zu beobachten, wie ich mir einen runterhole. Nächstes Mal, wenn du es dir selbst besorgst und zum Orgasmus kommst, wirst du als Strafe meinen Namen hinausschreien. Und wer weiß, vielleicht bin ich in der Nähe und werde es hören.«
Das ist keine Strafe, hätte ich am liebsten gesagt, als ich erschrocken über meine Gedanken nicht umhin kam, mir die Situation vorzustellen. Ohne dass ich es wollte, stieß ich ein Seufzen aus, was er mit einem Grinsen und glühenden Augen quittierte.
Ich hatte keine Möglichkeit, etwas zu erwidern, denn er erhob sich und lief wieder einmal davon. Ich beobachtete ihn, wie er mit schnellen Schritten auf das Meer zuging und sich in die Fluten stürzte.
Ich war fassungslos. Ihn hatte meine Beobachtungsaktion nicht gestört, nein, er hatte es anscheinend sogar genossen.

Obwohl ich hätte entrüstet sein müssen über das, was er zu mir gesagt hatte, spürte ich eine Erregung in mir aufwallen, die mich überwältigte.

Wie schaffte Clint es immer wieder, meine Gefühlswelt durcheinanderzubringen?

Kapitel 16

Die Tage vergingen und es entwickelte sich eine gewisse Routine. Wochentags, nachdem die Kinder gefrühstückt hatten, ging es mit den jüngeren Kindern zum Strand. Wobei die Älteren bis zum Mittagessen am Unterricht von Señorita Sienna teilnehmen mussten. Nur am Wochenende durften die Großen ebenfalls nach dem Frühstück sofort an den Strand.

An manchen Tagen hatte ich Küchendienst, aber das machte mir nichts mehr aus. Selbst mit der mürrischen Berta kam ich mittlerweile sehr gut zurecht.

Heute war ich für die Tätigkeit in der Krankenstation eingeteilt worden. Ich würde wahrscheinlich ein paar Pflaster aufkleben, wenn sich eines der Kinder verletzt hatte. Im Gegensatz zum Küchendienst konnte es nur ein ruhiger Tag werden.

Ich betrat den Flur der Krankenstation, in dem ich schon von Maria erwartet wurde. Wir sollten beide mit der Leiterin der Station, Sofia, zusammenarbeiten. Sie war die Einzige, die nicht im Waisenhaus wohnte, sondern gemeinsam mit ihrem Mann Juan in der Stadt. Das teilte mir Maria mit, während wir den Gang entlangliefen, um zu Sofias Büro zu gelangen. Diese trat gerade durch die Tür, als wir ankamen. »Sehr schön, ihr seid schon da. Maria, bitte gehe in das Spielzimmer. Die Kinder, die noch Masern haben, warten dort auf dich.«

Mit einem zustimmenden Nicken verabschiedete sich Maria und lief los.

Dann blickte Sofia mich an. Sie war, genauso wie Maria, eine dunkelhaarige, zierliche Schönheit. Ich schätzte sie auf Ende vierzig, aber was mir sofort auffiel, waren ihre gütigen, dunklen Augen. Auch strahlte Sofia eine gewisse Ruhe und Ausgeglichenheit aus, die mir gefiel. »Du musst Alexandra sein. Ich freue mich, dich kennenzulernen.«

»Freut mich ebenfalls.«

»Du kümmerst dich heute um unseren Neuzugang«, begann sie und wies mich mit erhobenem Arm an, ihr zu folgen. Während wir zu einem Zimmer am Ende des Ganges liefen, sprach sie weiter. »Das Mädchen hat hohes Fieber und muss rund um die Uhr betreut werden.«

»Wie heißt die Kleine?«, fragte ich, sobald wir den Raum betraten. Gegenüber der Tür stand ein kleines Bettchen, in dem ein Baby lag.

»Sie hat noch keinen Namen. Vor ein paar Tagen wurde sie am Eingang der Kirche abgelegt.«

Wie schrecklich, dachte ich voller Mitgefühl mit dem kleinen Geschöpf. Genauso hatte ich auch Mitleid mit der Mutter dieses Kindes. Es gab mit Sicherheit einen triftigen Grund, warum sie ihr Neugeborenes hatte abgeben müssen. Ich tippte stark auf Armut. Ich hatte mich vor meiner Reise nach Mexiko über die Umstände in der Region informiert. Es war demnach nicht ungewöhnlich in diesem Teil des Landes, dass die Familien schlichtweg kein Geld hatten, um noch ein Maul zu stopfen.

Sofia lief nach links zum Fenster, wo eine Wickelkommode stand. »Hier findest du alles, was du brauchst. Von Stramplern und Wundcreme bis hin zu Windeln. Das ist für dich als

Kinderkrankenschwester sicherlich nichts Neues, nehme ich an.«
Ich nickte bestätigend und trat ans Bettchen heran. Mir stiegen fast die Tränen in die Augen, als ich das kleine Mädchen im Bett liegen sah. Es wimmerte kläglich. »Sie ist so winzig und dünn.«
Sofia stellte sich neben mich. »Ja, und deswegen müssen wir alles tun, damit sie schnell das erforderliche Gewicht bekommt. In der Küche, den Gang runter, findest du Milch und die Fläschchen, aber ich habe dir schon eins vorbereitet.« Sie zeigte auf den niedrigen Tisch neben einem Sessel. »Ich habe noch zu tun, aber ich nehme an, dass du das hinbekommst?«, fragte Sofia.
»Ja, sicher. Mach dir keine Sorgen, ich komme zurecht.«
Sofia verließ mich mit einem Lächeln, während ich nach der Nuckelflasche griff und mich zu der Kleinen hinunter beugte. Sobald ich sie in den Arm genommen hatte, verzog sie ihr Gesicht, so als würde sie gleich anfangen zu weinen. Schnell gab ich ihr das Fläschchen und sie

begann, mit stöhnenden Lauten zu saugen.
»Ja, so ist es gut, meine Kleine. Du musst viel trinken, um wieder gesund zu werden.«
Ich setzte mich in den Sessel neben dem Bett und betrachtete sie. Ihre dunklen Kulleraugen beäugten mich argwöhnisch, so als würde sie überlegen, ob sie mir vertrauen konnte. Anscheinend fühlte sie sich in meinen Armen wohl, denn nach und nach wurden ihre Lider schwer und fielen ihr dann zu. Ich zog das Fläschchen aus ihrem Mund und stellte es auf dem kleinen Tisch neben dem Sessel ab.
Sanft streichelte ich über ihr Köpfchen. Sie hatte feine, schwarze Haare und ein entzückendes, zierliches Gesicht. Ich vermutete, dass sie später eine wahre Schönheit werden würde. Zudem hoffte ich so sehr, dass ihr eine Zukunft wie die ihrer Mutter erspart bleiben würde.
Während ich sie betrachtete, musste ich an meine verstorbene Großmutter aus Spanien denken. Als ich noch klein gewesen war, hatte sie mir jeden Abend ein Schlaflied vorgesungen.

Ohne die Kleine zu wecken, begann ich, leise zu singen. Ich musste schmunzeln, als sich ihre winzigen Lippen zu einem Lächeln formten. Es schien ihr zu gefallen.
Ich wusste nicht, wie lange ich dort gesessen und ihr vorgesungen hatte, als mich eine Bewegung an der offenen Tür zusammenzucken ließ.
Die Kleine hatte es offenbar im Schlaf bemerkt und sie begann zu wimmern. »Scht, meine Süße, alles ist gut«, beruhigte ich sie und blickte dann hoch zu Clint, der am Türrahmen lehnte und mich mit einem unergründlich Blick ansah.
Wie lange hatte er denn dort gestanden? Meine Singstimme war nicht gerade die beste. Ich spürte, dass meine Wangen heiß wurden. Immer musste ich mich vor ihm blamieren!
»Du kannst sehr gut mit Kindern umgehen.« Das sagte er in einem solch überraschten Ton, dass es mich wütend machte.
Was hatte er denn gedacht? Dass ich ein völlig gefühlloser Mensch wäre?
»Ich bin schließlich ausgebildete

Kinderkrankenschwester.« Meine Stimme klang gereizt.
Clint grinste mich an. »Nun, es ist das eine, einen Beruf zu erlernen, und etwas ganz anderes, auch zu lieben, was man tut.«
»Ja, da hast du recht«, musste ich ihm zustimmen.
Ich betrachtete die schlafende Kleine und wollte sie am liebsten vor all dem Schrecklichen in dieser Welt beschützen. Auch wenn ich mich nie für eine mütterliche Frau gehalten hatte, so berührte dieses Mädchen mein Herz.
»Und, welchen Namen würdest du ihr geben?«, fragte Clint flüsternd.
Mit einem wehmütigen Lächeln fuhr ich über ihre zarten Wangen. »Hope«, gab ich ebenso flüsternd zurück. »Sie kann jede Hoffnung gut gebrauchen.«
Clint kam ins Zimmer und mit einem Mal hatte ich das Gefühl, dass der Raum viel zu eng wurde. »Dann werden wir sie offiziell Hope nennen.«
Ich war überrascht, dass er mir die Namenswahl so ohne Weiteres überließ. Da bemerkte

ich, dass er mich mit einem undurchschaubaren Blick bedachte.

»Du bist schon eine eigenartige Frau, Prinzessin.«

Eigenartig? Verflucht, warum musste ich immer die Eigenartige sein? Oder diejenige, die anders war als andere? Ich wollte normal sein und dazugehören. Und das mit der *Prinzessin* brachte mich ebenfalls zur Weißglut. »Kannst du das bitte sein lassen?«

»Was denn?« Er grinste.

Mit einem Schnauben stand ich auf, beugte mich über das Bettchen und legte Hope hinein. Es hatte sowieso keinen Sinn, ihn davon abzuhalten, mich ständig zu schikanieren.

Als ich mich umdrehte, bemerkte ich, dass Clint näher getreten war. Er ragte über mir auf, sodass ich meinen Kopf in den Nacken legen musste, um ihn anzusehen. Mit einem Mal wurde ich verlegen und wusste nicht mehr, was ich hatte sagen wollen.

Zusätzlich fiel mir plötzlich ein, was er am Strand geäußert hatte, und spürte meine Wangen heiß werden. Nervös strich ich mir eine

lose Haarsträhne hinter das Ohr.
»Was ist deine Geschichte?«, fragte er.
»Meine was?«, fragte ich perplex.
»Jeder hat einen bestimmten Grund, warum er hierherkommt. Mich würde interessieren, warum eine Frau wie du ihr sorgloses Leben aufgibt, um in einem Waisenhaus niedere Arbeiten zu verrichten. Wovor bist du geflüchtet, Alexandra?«
Das war das erste Mal, dass er mich mit meinem Namen angesprochen hatte, sodass ich erst einmal verwirrt war.
Aber dann drängten sich seine Fragen in mein Gehirn und ich wurde wütend. »Ich bin weder geflüchtet, noch scheue ich mich vor niederen Arbeiten«, stieß ich aus und trat einen Schritt von ihm weg. »Außerdem muss ich mich vor dir nicht rechtfertigen.« Ich verschränkte meine Arme vor die Brust. »Was ist mit dir, Clint Banners? Warum ist so ein ungehobelter Kerl ohne Manieren in einem Kinderheim beschäftigt?«
Plötzlich war sein arrogantes Getue verschwunden und er blickte mich fast schon

feindselig an. »Vergiss es einfach.«
Schnurstracks lief er zur Tür und machte erneut Anstalten, zu verschwinden. Das brachte mich zur Weißglut. »Rennst du immer weg, wenn es unbequem wird?«, zischte ich ihm hinterher.
Der Blick, den er mir über seine Schulter zuwarf, ließ mich aufkeuchen. In diesem Moment erkannte ich einen Schmerz in seinen Augen, der mich erschreckte.
So schnell, wie er gekommen war, verschwand der Ausdruck aus seinem Gesicht. Zum Vorschein kam wieder der anmaßende Blick, den ich von ihm kannte.
»Ich muss mich vor dir auch nicht rechtfertigen«, sagte er abfällig und verließ mit schnellen Schritten den Raum.
Ich hätte ihn am liebsten aufgehalten, aber leider begann Hope zu weinen. Ich sollte mich weniger um Clints Gemütsverfassung sorgen, sondern eher um die der Kinder, also lief ich schnell zum Bettchen.
»Ist ja gut, kleine Hope, ich bin ja da.« Während ich das Mädchen in den Arm nahm,

beschäftigte ich mich gedanklich immer noch mit Clint.
Was war ihm widerfahren, dass er so griesgrämig geworden war?

Kapitel 17

Heute war endlich mein freier Tag und ich beschloss, in die Stadt zu fahren, um einige Einkäufe zu tätigen. Ich brauchte dringend bequemere Schuhe.

Kaum dass ich aus dem Bungalow hinaus getreten war, sah ich Clint, der an der Beifahrertür seines Pick-ups lehnte. »Ich muss einige Besorgungen machen. Du kannst mit mir fahren.« Seinem Gesichtsausdruck nach zu urteilen, sah er so aus, als hätte ihn jemand, vermutlich Mary-Anne, dazu gezwungen, mich zu fragen – obwohl es weniger wie eine Frage als ein Befehl geklungen hatte.

Die Kleinstadt Perida befand sich einige Kilometer entfernt und ich hatte vorgehabt, den Bus zu nehmen. Sollte ich wirklich mit Clint fahren? Es würde bestimmt kein angenehmer Weg werden.

Andererseits, warum sollte ich mir den Stress antun und in den überfüllten Bus einsteigen? Die Möglichkeit, die mir Clint bot, war viel zu

verlockend, um sie auszuschlagen.
»Das ist sehr nett von dir, mich mitzunehmen, Clint.«
Er brummte etwas Unverständliches und nickte. Während er zur Fahrerseite ging, lief ich ebenfalls zum Auto. Kaum dass ich eingestiegen war, brauste er schon los. Ich schaute stur aus dem offenen Seitenfenster, weil ich nicht wusste, worüber ich mit ihm reden sollte. Zumal er ebenfalls schwieg.
Nach einer Weile sprach er mich dann doch noch an. »Ich habe mir überlegt, dass wir beide unsere Einkäufe erledigen und dann in einem Fischrestaurant essen gehen können, wenn du willst.«
Überrascht blickte ich ihn an. Sollte das etwa heißen, dass er mit mir zusammen etwas essen gehen wollte? So wie bei einem Date?
Lass den Blödsinn, Alexandra, er versucht bestimmt nur, nett zu sein. Interpretiere nicht zu viel hinein.
»Das würde mich sehr freuen, Clint. Ich esse wahnsinnig gerne Fisch.«
»Dann machen wir das so«, brummte er.

Kaum in der Stadt angekommen, verabschiedeten wir uns voneinander und einigten uns darauf, uns in zwei Stunden wiederzutreffen.
Die Kleinstadt gab nicht viel her. Außer einigen kleinen Krämerläden, bei denen es von Lebensmitteln bis hin zu Shirts und Schuhen alles gab. Ich entdeckte viele Geschäfte mit handgefertigten Tongefäßen sowie bunt gewebten Kleidern.
Als Erstes besorgte ich mir eine Sonnenbrille, zwei Paar Turnschuhe und einige Kosmetikartikel. Nach einer Weile schlenderte ich die Straße entlang und bewunderte die Handwerkskunst der Einheimischen. Die farbenfrohen Kleider hatten es mir angetan. Würde mir so etwas stehen?
Ich stand gerade vor einem der Ständer und griff nach einem in Rottönen gehaltenen Kleid, als ein Schatten auf mich fiel.
Clint hatte sich neben mich gestellt und schnappte nach einem smaragdgrünen Kleid. Er nahm es vom Ständer und hielt es mir entgegen. »Ich glaube, diese Farbe würde dir ziemlich gut stehen. Der Kontrast zu deinem

dunklen Haar wäre sehr ansprechend.«

Ich war total perplex, denn mehr oder weniger hatte Clint mir gerade ein Kompliment gemacht – oder nicht?

Ich schaute mir das Kleid genauer an und erkannte, dass es sich um ein Wickelkleid handelte, das meinen Bauch kaschieren sowie meine Oberweite gut zur Geltung bringen würde. Außerdem waren goldene Fäden eingearbeitet, die in der Sonne glänzten. Clint hatte anscheinend ein Gespür für Mode. Wer hätte das gedacht?

»Es ist wunderschön, aber ich weiß nicht so recht«, sagte ich dennoch.

Er beachtete mich nicht weiter und wandte sich an den Verkäufer, der lächelnd zu uns hinübersah. »Wir kaufen das Kleid.«

Ich hatte keine Gelegenheit, zu reagieren, als Clint einige Scheine aus seiner Hosentasche zog und dem Mann gab. »Stimmt so«, meinte er.

Nun erwachte ich aus meiner Starre. »Clint, das kannst du doch nicht machen!«

»Warum nicht?«

»Señor, das Kleid wird Ihrer Frau sehr gut stehen«, mischte sich der Verkäufer ein und übergab mir die Tüte.
»Ich bin nicht seine …«, begann ich, aber weiter kam ich nicht.
»Ja, das wird es«, unterbrach mich Clint, verabschiedete sich von dem Mann und zog mich von dem Geschäft weg.
Verdattert schüttelte ich meinen Kopf, während Clint mich durch eine Seitenstraße führte. Darüber hinaus spürte ich seine warme Hand an meiner Schulter, was ein Kribbeln auf meiner Haut auslöste.
Sobald er seine Finger entfernte, kam ich wieder zu mir. »Ich gebe dir das Geld später zurück.«
Er blieb stehen und blickte mich wütend an. »Kannst du nicht einfach nur Danke sagen? Oder ist es unter deiner Würde, ein Geschenk von mir anzunehmen?«
Ich spürte wieder Ärger hochkochen, aber schluckte ihn hinunter. Es war schließlich eine nette Geste von ihm gewesen. »Danke«, sagte ich kleinlaut.

Clint nickte und nahm den Weg durch die schmale Gasse wieder auf, ich folgte ihm. Wir erreichten die Strandpromenade. Hier gab es verschiedene Restaurants, in denen Fisch angeboten wurde. Der Duft, der mir entgegenwehte, ließ mir das Wasser im Mund zusammenlaufen.

Fast am Ende der Straße blieb Clint an einem kleinen Lokal stehen und begrüßte den Mann, der an einem Tisch vor dem Eingang saß. »*¡Hola!*, Miguel, wie geht es der Familie?«

»Clint!«, rief dieser aus und sprang aus dem Stuhl. »Was für eine Freude, dich wiederzusehen.« Die beiden Männer begrüßten sich mit einer Umarmung. »Der Familie geht es gut. Juanita ist wieder schwanger und wir hoffen, dass es diesmal ein Junge wird.«

Dann schaute er mich an. »Und wer sind Sie, Prinzessin?«

Während ich mein Gesicht ärgerlich verzog, brach Clint in Lachen aus und ich spürte, dass meine Wangen heiß wurden. Warum zum Teufel noch mal betitelten mich alle hier als Prinzessin?

Miguel schaute Clint fragend an. »Habe ich

etwas Falsches gesagt?«
»Nein, nein«, beeilte sich Clint, schmunzelnd zu antworten. »Darf ich vorstellen, das ist Alexandra aus England. Alexandra, das ist Miguel, Eigentümer des besten Fischlokals in der Gegend und Bruder von Sofia.«
»Freut mich sehr«, erwiderte ich. Nun erkannte ich auch die Ähnlichkeit mit seiner Schwester. Er hatte ebenfalls gütige Augen.
Miguel deutete zum Tisch. »Kommt, setzt euch. Was kann ich euch bringen?«
Während wir gegenüber voneinander an einem kleinen Tisch Platz nahmen, schaute mich Clint fragend an. »Was hältst du von einer Fischplatte?«
»Hört sich sehr gut an.«
»Wie wäre es mit einem eisgekühlten Weißwein dazu?«, mischte sich Miguel ein.
»Aber von dem Guten«, sagte Clint und zwinkerte ihn grinsend zu.
»Hey, *amigo,* habe ich dir jemals einen anderen als den Guten gegeben?« Lachend entfernte sich Miguel.
Die Stille, die daraufhin folgte, machte mich

nervös. Zumal mich Clint wieder so durchdringend anblickte.
»Erzähl mir etwas von dir«, verlangte er. »Außer, dass du aus der gehobenen Gesellschaft stammen musst, weiß ich nichts über dich.«
Und ich weiß noch weniger über dich, wollte ich am liebsten sagen, verkniff es mir aber.
»Da gibt es nicht viel zu erzählen. Wie du schon sagtest, entstamme ich aus einer wohlhabenden Familie, habe eine Schwester mit Namen Luise und lebe in London.«
»Und wie kam es, dass du dich für die Anstellung beworben hast?«
Ich hatte keine Lust, über meine geplatzte Hochzeit zu reden, und umging das Thema. »Ich wollte lediglich etwas Sinnvolles mit meinem Leben anfangen.«
Er blickte mich skeptisch an, so als wüsste er, dass ich ihm etwas verschwieg.
Zu meinem Glück erschien Miguel mit dem Wein sowie der Fischplatte. Dazu gab es einen bunten Salat.
Beim Essen unterließ es Clint erfreulicherweise, mich weiter auszufragen, und wir

hielten uns an unpersönliche Themen. Entgegen meiner Befürchtung, dass es ein anstrengendes Beisammensein werden würde, hatte ich sehr viel Spaß. Clint taute regelrecht auf und erzählte mir einige Anekdoten aus dem Kinderheim.

Wie zum Beispiel, dass Maria einst selbst als Waisenkind in dem Heim gelebt hatte. Gemeinsam mit Paolo, der ihr mit dreizehn Jahren die langen Zöpfe abgeschnitten hatte, weil er damals unbedingt Friseur hatte werden wollen. Ich konnte mir beim besten Willen Paolo nicht in eben jenem Beruf vorstellen und lachte los.

Die Zeit verging wie im Flug, und als wir pappsatt waren, erschien Miguel, um abzuräumen. »War alles zu eurer Zufriedenheit?«, fragte er uns.

»Das Essen war köstlich«, sagte ich begeistert. Es schien ihn zu freuen, wie ich an seinen geröteten Wangen bemerkte.

Als Clint Geld aus seiner Hosentasche nahm, um zu zahlen, schaute Miguel ihn böse an. »Willst du mich beleidigen, *amigo*? Ihr seid

natürlich eingeladen.«
»Nein, Miguel, das ist Unsinn«, meinte Clint und legte die Scheine einfach auf den Tisch. »Außerdem brauche ich nochmals deine Hilfe, wie du weißt.«
Milguel hob abwehrend seine Hand. »Das mache ich doch gerne.« Während er sich mit dem Geschirr in den Händen entfernte, rief er über seine Schulter: »Wir können gleich losfahren.«
»Wo wollt ihr noch hin?«, fragte ich Clint neugierig.
»Der Pick-up ist in der Werkstatt und ich kann ihn erst morgen wieder abholen. Daher fährt Miguel uns beide zurück.«

Sobald Clint und ich ein paar Minuten später vor dem Auto standen, wurde mir unbehaglich zumute. Auf dem Fahrersitz hatte Miguel Platz genommen und auf dem Rücksitz saßen seine drei Töchter. Es war lediglich der Beifahrersitz frei. Wo sollten Clint und ich denn sitzen?
Das wurde mir sofort klar, als Clint Platz nahm und auf seinen Oberschenkel klopfte. »Steig

ein, Prinzessin.«
Ich verschränkte die Arme. Ich würde doch nicht auf seinem Schoß sitzen! Das konnte er vergessen.
Genervt rollte Clint mit den Augen. »Wenn du nicht willst, dann kannst du auch mit dem Bus zurückfahren.«
Ich zog es einen Moment in Erwägung, verwarf den Gedanken jedoch schnell wieder. Widerstrebend setzte ich mich auf Clints Schoß, zumal mich die Insassen im Auto alle befremdlich anblickten. Wahrscheinlich dachten sie einmal mehr, ich wäre eine zimperliche Prinzessin.
Clint warf die Tür zu und legte locker seinen Arm um meine Hüften. Nebenbei unterhielt er sich gut gelaunt mit Miguel, der sofort losfuhr. Ich selbst starrte angespannt aus der Frontscheibe, denn Clints Nähe machte mich ganz unruhig. Strahlte er diese Hitze aus oder war es die Sonne, die mich blendete? Vielleicht war es auch die Glut in mir, die seine Nähe auslöste.
Sein ureigener Duft nach Moschus und Leder

wehte mir in die Nase, was mich zusätzlich heiß machte. Gab es irgendetwas an diesem Kerl, das mich nicht verwirrte?

Plötzlich spürte ich seinen Atem am Ohr. »Hör auf, so zu zappeln, Prinzessin, sonst könnte ich noch glauben, dass du auf mich stehst.«

Ich bekam eine Gänsehaut am ganzen Körper, als ich die harte Beule an meinem Po spürte. Eine Beule, die, wie ich wusste, ziemlich groß war.

Ich musste trocken schlucken. »Bilde dir bloß nichts ein«, zischte ich.

Er lachte leise, wodurch ich die Vibration am ganzen Körper spüren konnte.

Oh Gott, dieser Mann würde mich noch um den Verstand bringen!

Ich rückte ein wenig von ihm ab und versuchte, mich weiter nach vorne zu setzen, denn ich spürte, wie sehr mich seine Nähe erregte. Ich scheiterte jedoch kläglich, denn er umhüllte jeden meiner Sinne wie kein anderer jemals zuvor.

Frustriert hoffte ich, dass wir unser Ziel schnell erreichten.

Kapitel 18

»Mach dich heute Abend schick, Prinzessin, wir gehen zu einer Spendengala.«
»Wie bitte?« Ich schaute Clint verdattert an. Gerade noch hatte ich meinen letzten Bissen Rührei zu mir genommen, als er in der Küche erschienen war und diese Bombe hatte platzen lassen.
Doch Mary-Anne war diejenige, die mir antwortete. »Ramón Soveno ist einer der Spender des Waisenhauses. Er veranstaltet jeden Sommer eine Gala.«
»Da ich dort erscheinen muss«, mischte sich Clint wieder ein und setzte sich zu uns an den Küchentisch, »und weil wir auf das Geld angewiesen sind, kommst du mit mir.«
»Warum gerade ich?«
»Das fragst du noch?« Er schien verärgert zu sein und ich wusste wieder einmal nicht, warum.
»Ja, genau, das frage ich dich.« Jetzt wurde ich ebenfalls wütend.

»Weil du eine perfekte englische Dame bist und die Gönner um den Finger wickeln kannst mit deinem Getue.«
Das war ja die Höhe! Ich stand auf, stellte mich vor ihn und blickte zu ihm herab. »Ich werde mitkommen, aber nicht, weil du mich so charmant darum gebeten oder mich vortrefflich beschrieben hast, sondern nur, um dem Waisenhaus zu helfen.«
Damit rauschte ich aus der Küche und hörte ihn hinter mir laut lachen. Dieser verdammte Holzkopf würde noch sein blaues Wunder erleben!

Am frühen Abend zog ich das beste Kleid an, das ich mitgebracht hatte. Es bestand größtenteils aus roséfarbener Spitze, mit einem weit ausgestelltem Rockteil. Das Oberteil war trägerlos, schmiegte sich eng an meinen Körper und setzte meinen Busen wundervoll in Szene. Meine Haare hatte ich offen gelassen, sie fielen mir locker auf meine nackten Schultern.
Ich hatte es vermisst, mich mal wieder ein wenig schick zu machen.

Als ich gerade Lipgloss auftrug, kam Mary-Anne in mein Zimmer. Sie setzte sich aufs Bett und stieß einen Pfiff aus. »Was für ein Kleid! Jetzt siehst du wirklich wie eine Prinzessin aus.«

Ich grinste Mary-Anne an. »Oh ja, ich muss doch meinem Ruf alle Ehre machen.«

Sie begann, schallend zu lachen. »Was ist das nur zwischen Clint und dir? Ihr eiert umeinander herum wie zwei rollige Katzen.«

»Das tun wir nicht! Ich verbiete mir diese Unterstellung.«

»Meine Güte, Alexandra, kannst du nicht wie ein normaler Mensch sprechen?«

Ich setzte mich mit einem Seufzen zu ihr aufs Bett. »Ich habe nichts anderes gelernt.«

»Sorry, ich habe es nicht böse gemeint. Du kommst aus einer sehr noblen Gegend, dort in London. Da reden die Leute eben so geschwollen.«

Ich musste grinsen. »Schon gut, ich weiß, dass ich anders bin. Aber heute Abend kann es dem Waisenhaus vielleicht von Nutzen sein.«

»Oh, ganz bestimmt.« Wir grinsten uns beide

an, als es an der Außentür klopfte.
Mary-Anne sprang vom Bett, um zu öffnen, während ich nach meiner Handtasche griff und aus dem Zimmer lief.
Sobald ich Clint an der Eingangstür stehen sah, riss ich erstaunt meine Augen auf. Wer hätte gedacht, dass er noch attraktiver aussehen konnte? In seinem schwarzen Smoking hätte er einem Männermagazin entstammen können.
Seine blauen Augen glänzten, als er mich von oben bis unten betrachtete. Clints Blick hatte etwas Animalisches, Wildes, was seinen seriösen Aufzug zunichtemachte. Mein Herz kam ins Stolpern, als ich mir vorstellte, wie sein Körper unter dem Smoking aussah.
»Ihr beide seht aus wie das ultimative kitschige Traumpaar«, stieß Mary-Anne lachend aus.
Ich verzog das Gesicht und blickte sie strafend an, während sich Clint lautstark räusperte. »Komm endlich, Prinzessin, wir sind spät dran.«
Ja, charmant wie eh und je, dachte ich augenrollend.
Die Fahrt dauerte nur ein paar Minuten, aber Clint saß die ganze Zeit mit einem grimmigen

Gesichtsausdruck am Steuer. Ich verkniff mir irgendeine Bemerkung darüber und freute mich trotzdem auf den Abend. Wann hatte ich hier schon mal die Gelegenheit, mich aufzubrezeln?

Wir fuhren durch ein großes Tor und erreichten das Anwesen, das schier atemberaubend war. Beleuchtet durch mehrere Spots, thronte die Villa auf einem Hügel, umringt von Bäumen.

Clints Wagen, den er vor der Eingangstreppe zum Stehen brachte, unterschied sich sehr von den geparkten noblen Karossen um uns herum.

Konnte es sein, dass Clint deswegen so verstimmt war, weil er nicht zu so einer Gesellschaft dazugehörte?

Sobald wir ausgestiegen waren, erschien ein Mann am Eingangsportal, der ebenfalls in einem Smoking steckte. Clint legte seine Hand auf meine Schulter und dirigierte mich die Treppe hinauf. Sobald ich den Mann besser erkennen konnte, riss ich meine Augen auf. War das etwa Ramón Soveno?

Mir wurde bewusst, dass ich ihn anstarrte, aber ich konnte den Blick nicht von ihm nehmen. Was für ein Bild von einem Mann!
In meiner Vorstellung war Ramón Soveno ein älterer, gütiger Herr und nicht so ein Prachtexemplar von Kerl gewesen. Er musste auch vom Alter her um die dreißig sein. Er war groß, hatte breite Schultern, aber seine dunklen, fast schwarzen Augen hatten etwas Glühendes, etwas, das einen sofort in den Bann zog. Als er mich anlächelte, bekam ich fast weiche Knie. Er sah viel zu gut aus, falls so etwas überhaupt möglich war.
Mit einem warmen Lächeln seiner vollen Lippen hielt er mir seine Hand entgegen, als wir am Treppenabsatz ankamen. »Clint, mein Freund, wer ist diese Göttin, die du heute Abend mitbringst?«
Und charmant war er auch, dachte ich mit schnell schlagendem Herzen.
»Darf ich vorstellen, Ramón«, knurrte Clint, »das ist Alexandra Ward. Alexandra, unser Gastgeber, Señor Soveno.«
Ich war berauscht, als Soveno meine Hand zu

seinen Lippen führte. »Ich grüße dich, Alexandra.« Er sagte meinen Namen in einem genussvollen Ton, so als würde er einen edlen Wein kosten. Ich schwebte über den Boden vor Entzücken.

»Ich grüße Sie ebenfalls, Señor Soveno, und bedanke mich für die Einladung.«

»Nicht der Rede wert, meine Liebe, du erhellst mit deiner Schönheit meine bescheidene Hütte. Und bitte nenne mich Ramón. Wir sind hier nicht so förmlich, nicht wahr, Clint?«

»So ist es«, gab er knapp zurück.

Gemeinsam betraten wir die Villa, bei der ich nicht umhin kam, den Prunk zu bestaunen. Womit verdiente Soveno noch mal sein Geld? Ich hätte Clint oder auch Mary-Anne vorher danach fragen sollen.

Wir erreichten einen Salon, der das Ausmaß eines Fußballfeldes hatte. Lauter gut gekleidete Menschen waren anwesend und unterhielten sich miteinander. Im Hintergrund spielten leise Klavierklänge.

Livrierte Bedienstete liefen geschäftig umher. Ramón wandte sich zu mir. »Leider muss ich

mich um meine übrigen Gäste kümmern, aber ich bin erfreut, dass ihr beide hier seid. Hoffen wir, ein wenig Geld locker zu machen bei den spießigen Gesellen hier.« Er zwinkerte mir schelmisch zu. Ich begann zu lachen.
Kaum, dass Ramón sich entfernt hatte, begann Clint zu murren. »Gibt es hier kein Bier?«
»Warum bist du nur so schlecht gelaunt? Lass uns doch einfach den schönen Abend genießen.«
»Im Gegensatz zu dir finde ich dieses Getue hier zum Kotzen. Ich gehe an die Bar. Kommst du mit?«
Mit einem Seufzen folgte ich ihm. Das konnte ja heiter werden.

Eine Weile später amüsierte ich mich prächtig mit den Gästen. Es waren sehr interessante Menschen dabei, die zwar Geld besaßen, dennoch waren sie sehr nett. Kein Vergleich zu den versnobten Briten. So wie auch der Gastgeber, der ab und an bei uns vorbeikam und sich mit uns unterhielt. Ich hatte zudem in Erfahrung gebracht, dass Ramón Soveno eine gut

gehende Rinderfarm sowie mehrere Immobilien besaß.
Clint, der die ganze Zeit neben mir stand, wirkte eher wie mein Bodyguard als wie meine Begleitung. Irgendwann hatte ich es aufgegeben, ihn in die Unterhaltungen mit einzubeziehen, und ließ ihn einfach schmollen.

Stunden später war es ein Abend gewesen, der mir sehr gefallen hatte, und ich schwebte die Treppe hinunter, nachdem wir uns von unserem Gastgeber verabschiedet hatten.
Auf dem Heimweg war die Stimmung zwischen Clint und mir eisig, wenn nicht sogar so frostig wie in Alaska. Ich ärgerte mich über sein Benehmen. Den gesamten Abend war er einsilbig und schroff gewesen.
Kaum vor meinem Bungalow angekommen, stieg ich grußlos aus. Ich hatte genug von seinen Launen.
Würde ich aus diesem Kerl jemals schlau werden?

Kapitel 19

Ein paar Tage später – ich hatte gerade Küchendienst – erschien Sofia, die einen kränklichen Eindruck machte. Das bestätigte sich mir auch, als sie sich an den Tisch setzte und stöhnend über ihre Augen rieb.
Ich legte den Löffel beiseite, mit dem ich im Gemüseeintopf gerührt hatte, und setzte mich zu ihr.
Berta hatte heute ihren freien Tag und besuchte ihre Schwester. Somit hatte ich die ehrenvolle Aufgabe bekommen, mich um das Mittagessen zu kümmern. Ich freute mich, dass sie mir mittlerweile genug Vertrauen entgegenbrachte.
Ich blickte Sofia an. »Was ist mit dir los?«
»Migräne«, stöhnte sie.
»Hast du etwas eingenommen?«
»Ja, aber ich kann nicht in die Stadt.«
Ich verstand nicht, was sie mir damit sagen wollte, und setzte an, sie zu fragen, als Clint die Küche betrat. »Sofia, geh nach Hause und leg dich ins Bett«, sagte er in seinem typischen

Befehlston zu ihr.

Sie stöhnte nur mitleiderregend.

Ich schaute zu Clint, der mich zerknirscht anblickte. »Alexandra, würdest du bitte so nett sein und mit mir in die Stadt zum Einkaufen kommen?«

Nanu, warum war Clint plötzlich so nett zu mir?

»Sicher, warum nicht? Ich frage schnell Maria, ob sie Zeit hat, das Essen fertig zu kochen.«

»Danke. Ich habe absolut keine Ahnung von diesem Frauenkram.« Mein Blick musste Bände gesprochen haben, denn er beeilte sich weiterzusprechen. »Zusätzlich zu dem Obst und Gemüse, das ich vom Markt besorgen muss, soll ich auch, ähm … du weißt schon, Dinge kaufen, ähm … die junge Mädchen, wie zum Beispiel Margarita oder die anderen Teenager einmal im Monat brauchen.«

Ich hörte Sofia, die ein Schnauben ausstieß, während ich zu gackern begann. Daher wehte also der Wind. Der großkotzige Clint scheute sich davor, Damenhygieneartikel einzukaufen. Umso mehr ich lachte, umso finsterer wurde sein Gesichtsausdruck. Ich beschloss, ihn noch ein wenig zu ärgern. »Was genau meinst du, Clint? Etwa Binden? Oder eventuell Tampons? Vielleicht auch Intimwaschlotion?«

»Alexandra, hör auf!«, rief Sofia. »Mein Kopf platzt gleich und ich kann nicht lachen, weil ich sonst vor Schmerzen sterbe.« Sie lachte trotzdem.

Clint stapfte wütend aus der Küche. »Ich warte im Auto auf dich«, rief er über die Schulter.

Ein paar Minuten später, als ich Sofia nach Hause geschickt und Maria in die Küche hatte kommen lassen, stieg ich zu Clint in den Wagen. Er schaute immer noch grimmig drein, während ich versuchte, mein Grinsen zu verbergen.

»Sehr witzig«, meinte er, was mich wieder zum Lachen brachte.

Nachdem wir in der Stadt angekommen waren, erledigten wir unsere Einkäufe im Markt und ich ging anschließend alleine in eine Apotheke, um die Hygieneartikel zu besorgen.

Sobald ich das Geschäft verließ, erblickte ich zu meinem Erstaunen Ramón. Wieder einmal

wurde mir bewusst, wie attraktiv er war.
»Alexandra«, sagte er erfreut. »Ich freue mich sehr, dich wiederzusehen.«
»Freut mich auch, Ramón.« Ich benahm mich immer wie ein Groupie, wenn ich ihn sah, und das war mir total peinlich.
»Ich wollte dich in den nächsten Tagen anrufen, aber da wir uns getroffen haben, kann ich dich auch jetzt fragen. Alexandra, hättest du Lust, mit mir auszugehen?«
Ich war ziemlich erstaunt und auch geschmeichelt, dass er Interesse an mir zeigte. »Das würde ich sehr gerne, Ramón.«
In diesem Moment stellte sich Clint neben uns. Die Männer begrüßten sich, wobei Clint wieder eine finstere Miene zur Schau stellte. Als wir uns verabschiedeten, sprach mich Ramón nochmals an. »Ich rufe dich wegen unserer Verabredung an, wenn es dir recht ist.«
»Sehr gerne.« Meine Wangen glühten vor Aufregung.
Kaum war ich mit Clint ins Auto gestiegen, war die Stimmung zwischen uns wieder einmal frostig. Ich traute mich kaum, ein Wort zu

sagen, und schaute aus dem Seitenfenster. Wenn ich es nicht besser gewusst hätte, dann hätte ich meinen können, Clint wäre eifersüchtig.

Ein lauter Knall ließ mich plötzlich zusammenfahren. Mit einem Mal wurde ich erst heftig nach vorn und dann zur Seite geschleudert. Zum Glück war ich angeschnallt, ansonsten wäre ich durch die Frontscheibe geflogen.

Clint fluchte und stoppte den Wagen am Straßenrand. Was war gerade passiert? Besorgt blickte er mich an. »Alles in Ordnung bei dir?«

»Ähm …« Ich war noch benommen. »Ja, ich glaube schon.«

Ich hatte keine Gelegenheit, ihn zu fragen, was geschehen war, denn er öffnete die Tür und sprang hinaus.

Ich tat es ihm mit zittrigen Knien gleich und sah schon die Bescherung. Der rechte Hinterreifen war regelrecht explodiert. Überall lagen Gummireste auf der Straße herum.

Ohne Kommentar lief Clint zur Fahrbahn, sammelte die Reifenreste ein und warf sie hinten auf die Ladefläche. Anschließend griff er

nach dem Ersatzreifen und legte ihn auf dem Boden ab.
Sollte ich ihm meine Hilfe anbieten? Aber ich wäre wohl eher eine Last, denn ich hatte keine Ahnung davon, wie man einen Reifen wechselte.
Das Spiel seiner Armmuskeln, während er das kaputte Rad abschraubte, faszinierte mich. Er hob dann den Ersatzreifen vom Boden und ich kam nicht umhin, seinen knackigen Po zu betrachten. Fast hätte ich frustriert aufgestöhnt, denn es gab so gut wie kein Körperteil an Clint, das mich nicht faszinierte.
Ich verwandelte mich anscheinend zu einer Idiotin, wenn er in meiner Nähe war. Oder ich hatte einen Sonnenstich. Die Sonne knallte erbarmungslos auf meinen Kopf und ich ging zur offenen Beifahrertür. Ich beugte mich zu meiner Handtasche hinunter, die zu Boden gefallen war, um die Wasserflasche herauszuholen.
Hinter mir hörte ich Clint plötzlich knurren und ich drehte mich ruckartig um – nicht ohne mir vorher den Kopf am Türrahmen zu stoßen.

Ich rieb die schmerzende Stelle und blickte zu einem finster dreinblickenden Clint. Was hatte ich denn jetzt schon wieder verbrochen?
Er nahm mit einem gereizten Zischen den Blick von mir und befasste sich wieder mit dem Ersatzreifen. Während ich ihn weiterhin beobachtete, trank ich das kühle Nass, um meinen trockenen Mund zu befeuchten.
Ich hatte gerade das Gefühl gehabt, dass er mir auf den Po gestarrt hatte, aber das war wohl nur Wunschdenken meinerseits.
Als er endlich die letzte Schraube festgezogen hatte, erhob er sich. Nachdem er den Schraubenschlüssel auf die Ladefläche geschmissen hatte, schaute er mich wieder dermaßen intensiv an, dass mein Herz heftig gegen meinen Brustkorb schlug.
Der Blick, den er mir zuwarf, machte mich ganz kribbelig. Wie ein Panther auf der Jagd kam er auf mich zu und stellte sich ganz nah vor mich. Ich wollte ausweichen, aber das Auto stand direkt hinter mir. Was hatte er vor?
Er nahm mir die Wasserflasche ab und begann zu trinken. Ich starrte fasziniert auf seinen

Mund, genauso auch zu dem Adamsapfel, der auf und ab hüpfte. Ein Rinnsal lief aus seinem Mundwinkel hinab, seinen Hals hinunter. Ich hätte gerne meine Hand ausgestreckt, um die Feuchtigkeit aufzufangen.
Mir wurde außerdem bewusst, dass es fast wie ein Kuss war, denn ich hatte zuerst aus der Flasche getrunken. Ich spürte eine Hitze in mir, die absolut nichts mit der Sonne zu tun hatte. Seine Nähe ließ mich zerfließen. In mehr als einer Hinsicht. Nicht nur, dass er selbst eine enorme Wärme ausstrahlte und mich zum Schwitzen brachte, nein, die Situation war dermaßen erotisch geladen, dass ich spürte, wie ich feucht wurde.
Er setzte die Flasche ab und grinste mich an, so als würde er genau wissen, was ich empfand. Seine hellblauen Augen schienen sich zu verdunkeln, während er wie nebenbei mit der Fingerkuppe über den Stoff meines Shirts fuhr und direkt eine meiner Brustwarzen berührte. Sein Finger war durch das Kondenswasser der Flasche feucht und ich spürte, wie sich meine Brustwarzen vor Verlangen zusammenzogen.

Ich sog scharf die Luft ein und meine Knie drohten einzuknicken. Ich erhoffte mir in diesem Moment, dass er mich küssen würde, aber er machte keine Anstalten dazu. Clint fixierte mich lediglich mit einem unergründlichen Blick.

Er trank die Flasche leer, stellte sie auf das Dach des Wagens und schmiegte seinen Körper dadurch noch näher an meinen. Ich spürte seine festen Brustmuskeln an meinem Busen sowie seine harte Beule an meinem Bauch und hätte mich fast wie eine rollige Katze an ihm gerieben.

Er ahnte offenbar, was in mir vorging, denn er grinste mich wissend an. Ohne den Blick von mir zu nehmen, begann er mit einem Mal, meine Brustwarzen über dem Shirt zu streicheln, ganz sanft und träge. Das kam so unerwartet, dass ich nach Luft japste und laut aufkeuchte.

Oh Gott, war das himmlisch! Hätte er mich nicht mit seinen Hüften gegen das Auto gedrückt, wäre ich zusammengesackt. Der lodernde Blick, den er mir schenkte, während er meine Brustwarzen aufs Äußerste reizte, brachte mich um den Verstand. Er befeuchtete seine Lippen mit der Zunge, was mich wünschen ließ, seine Lippen auf meinen zu spüren. Warum küsste er mich nicht endlich?

Als er sich hinabbeugte, fühlte ich seinen heißen Atem an meinem Gesicht und schloss meine Lider. Ich wartete verlangend auf die Berührung unserer Lippen.

Er aber flüsterte mir plötzlich ins Ohr: »Wir müssen wieder zurück.«

Das brachte mich dazu, meine Augen aufzureißen und ihn verwirrt anzustarren.

Während er die leere Flasche an sich nahm und sich von mir entfernte, fühlte es sich an, als hätte er mir eine Ohrfeige verpasst. Meine Wangen begannen, vor Scham zu glühen.

Als wäre nichts gewesen, stieß er die Fahrertür auf und machte Anstalten, einzusteigen. Ich stand immer noch wie vom Donner gerührt dort und war zudem total frustriert. Was sollte das?

»Mistkerl!«, stieß ich wütend aus und lief zur Beifahrertür.

»Komm, Prinzessin, das kannst du bestimmt besser.« Er grinste dreckig.
»Arschloch!«
»Na, also, geht doch.« Er lachte los, stieg ein und warf die Tür zu.
Ich ließ mich in meinen Sitz fallen und knallte die Tür dermaßen heftig zu, dass die Scheiben vibrierten. Dann verschränkte ich meine Arme vor die Brust und starrte stur geradeaus. Ich würde nie wieder ein Wort mit ihm wechseln. Der Typ war doch komplett verrückt.
Clint schien sich während der gesamten Rückfahrt köstlich über mich zu amüsieren, wie ich an seinem Grinsen bemerkte. Das machte mich noch rasender.
Am liebsten hätte ich ihm eine Menge Verwünschungen an den Kopf geworfen, doch die Genugtuung wollte ich ihm nicht gönnen. Ich presste vor Wut dermaßen fest meine Zähne zusammen, dass es schon wehtat. Kein Wort würde über meine Lippen kommen.
»Wenn eine Frau nicht spricht, sollte man sie auf keinen Fall unterbrechen.« Clint lachte schallend los.

Diesen Satz kannte ich, denn er stammte von seinem Doppelgänger. Anscheinend war es Clint bewusst, dass er dem Schauspieler ähnelte. Dieser Möchtegern-Clint-Eastwood sollte doch an seinen Sprüchen ersticken!

Sobald wir endlich am Waisenhaus angekommen waren, schnallte ich mich ab und wollte sofort aus dem Auto springen, aber Clint stoppte mich abrupt, indem er nach meinem Handgelenk griff.

In seinem Blick konnte ich hemmungslose Lust erkennen und das ließ mich eine Gänsehaut am ganzen Körper bekommen. Seine Augen schienen fast zu glühen. »Jetzt kannst du dir ungefähr vorstellen, wie es sich für mich anfühlt, jeden Tag deinen prallen Arsch und deine vollen Titten vor Augen zu haben. Ich habe es satt gehabt, mir wegen dir ständig einen runterzuholen.« Damit ließ er mich los und stieg aus dem Auto.

Ich war zu keiner Bewegung mehr fähig, während mich eine heftige Erregung erfasste. Mein Herz setzte fast aus bei dieser Vorstellung. Automatisch schossen die Bilder in meinen Kopf, als ich ihn vor einiger Zeit beobachtet hatte. Vor allem der Gedanke an seinen vor Schweiß glänzenden Körper, während er mit der Hand heftig an seiner Erregung gerieben hatte, ließ mich aufstöhnen.

Oh, mein Gott, der Kerl wird mich noch um den Verstand bringen!

Kapitel 20

Als ich morgens aufstand, war Mary-Anne nicht mehr da. Sie hatte heute ihren freien Tag, aber – was ganz untypisch für sie war – sie hatte mir gestern Abend nicht genau sagen wollen, was sie vorhatte.
Schulterzuckend, da es mich nichts anging, sprang ich unter die Dusche und lief kurze Zeit später zum Haupthaus, um zu frühstücken, bevor ich meinen Dienst antreten musste.
Heute war ich beim Stall eingeteilt. Das Waisenhaus besaß acht Pferde, um die sich Paolo kümmerte. Ich freute mich darauf, gemeinsam mit ihm und den Kindern Pepe, Margarita sowie José und Mateo auszureiten.
Nachdem ich mir in der Küche schnell einen Toast mit Honig gegönnt hatte, machte ich mich auf den Weg. Berta hatte mir Decken und einen prall gefüllten Essenskorb mitgegeben. Gut gelaunt lief ich über das weitläufige Feld. Von Weitem schaute ich zu den grasenden Pferden auf der Koppel und ein Lächeln

breitete sich auf meinem Gesicht aus.

Die Kinder waren noch im Speisesaal und würden in ein paar Minuten nachkommen.

Da ich Paolo nirgends entdecken konnte, legte ich den Korb und die Decken auf einer Bank vor dem Gebäude ab und näherte mich der Stalltür. Ein Geräusch im Innern ließ mich stocken.

War das ein Keuchen gewesen?

Neugierig lugte ich durch den Türspalt und entdeckte Paolo, der Mary-Anne gegen die Wand gedrückt hatte und ausgiebig küsste.

Ich musste grinsen. Deswegen hatte mir meine Mitbewohnerin nicht erzählen wollen, was sie heute vorhatte. Sie schien es sehr zu genießen, was Paolo mit ihr tat. Mary-Anne krallte sich an seine breiten Schultern und erwiderte wild den Kuss. Ich musste zugeben, dass sie ein wundervolles Paar abgaben. Beide waren sie groß und im Gegensatz zu meiner blonden Freundin wirkte Paolo umso dunkler.

Gerade als ich mich umdrehte, um die beiden nicht zu stören, stieß ich auf ein menschliches Hindernis. Vor Schreck streckte ich meine

Hände aus und berührte einen festen Oberkörper. Beinahe gleichzeitig traf mein Blick auf durchdringende blaue Augen – die von Clint. Sofort musste ich an den gestrigen Tag denken und mir wurde schlagartig heiß. Als hätte ich mich verbrannt, nahm ich die Hände von ihm. Er beugte sich zu mir und flüsterte: »Beobachtest du immer andere Leute beim Sex?«
Ich schnaubte und trat einige Schritte weg von der Tür, aber vor allem von Clint. Das war ja die Höhe, mich zu beschuldigen, ich würde stets die Menschen beim Sex beobachten! Nun gut, es stimmte vielleicht teilweise, aber wütend machte es mich trotzdem.
Währenddessen trat Clint hinter mich, griff nach meinen Schultern und schob mich weg, in Richtung Bank.
Als wir außer Hörweite des knutschenden Paares waren, ließ er mich los. Ich drehte mich zu ihm und verschränkte wütend meine Arme vor der Brust. »Ich habe doch nicht ahnen können, was die beiden dort drinnen tun.«
Er schien mir nicht ganz zu glauben, wie ich an seinen zusammengekniffenen Augen

bemerkte. Aber er zuckte dennoch mit den Schultern. »Was machst du so früh hier? Die Reitstunde beginnt erst in einer halben Stunde.«

»Ich wollte mir vorher in Ruhe die Pferde ansehen. Und was tust du hier?«

»Ich bin heute hier, weil Paolo seinen freien Tag hat. Die beiden Turteltauben da drin wollten eigentlich zum Strand gehen. Aber sie haben ihre Hormone anscheinend ebenfalls nicht im Griff.« Er grinste mich dreckig an.

Ich gedachte nicht, ihm eine Antwort darauf zu geben, und lief hinüber zum Gatter. Während ich mich zu beruhigen versuchte – denn seine Nähe machte mich schon wieder ganz hibbelig –, legte ich meine Arme auf das Holz und betrachtete die grasenden Pferde.

Clint stellte sich neben mich. »Kannst du überhaupt reiten?«

»Natürlich kann ich das.«

Ich schaute zu ihm hinüber und merkte an seinem Gesichtsausdruck, dass meine Antwort ihm offenbar nicht gefiel. Viel lieber hätte er mich wahrscheinlich erneut bloßgestellt.

Keiner von uns beiden sagte etwas, während wir einfach nur nebeneinander standen und die Landschaft betrachteten. Ich genoss die Stille sowie das entspannte Grasen der Pferde. Es waren wundervolle Tiere, die sich stolz und majestätisch bewegten.

Nach einer Weile bemerkte ich aus dem Augenwinkel, dass Clint mich beobachtete. Ich drehte meinen Kopf in seine Richtung und konnte sehen, dass er mit der Zunge über seine Unterlippe fuhr. Fast hätte ich ein Seufzen ausgestoßen. Warum musste mich dieser Kerl nur immer dermaßen durcheinanderbringen?

»Übrigens, danke für deinen Einsatz bei der Spendengala«, fing er an. »Ohne dich hätte Ramón wahrscheinlich nicht so viel Geld für das Waisenhaus locker gemacht.«

Ich war überrascht über diese Äußerung. »Ich verstehe nicht ganz.«

Abfällig musterte er meinen gesamten Körper. »Hat dir der notgeile Ramón nicht erzählt, dass er eine halbe Million Dollar gespendet hat?«

»So viel?«

»Ja, anscheinend will er dich mit seinem Geld

beeindrucken. Und heute Abend wird er es in dem teuersten Restaurant der Stadt wieder tun.«

Ich fand es beleidigend, das Clint glaubte, mir würde so etwas imponieren, denn ich war nicht käuflich. Aber was verstand denn schon ein ungehobelter Kerl wie Clint davon?

Gestern hatte mich Ramón angerufen und sich für den heutigen Abend mit mir verabredet. Ich hatte in der Eingangshalle gestanden, während ich mit ihm telefoniert hatte, denn das Haupttelefon des Heimes hing dort an der Wand.

Jane hatte die ganze Zeit in der Nähe herumgelungert und natürlich alles brühwarm der gesamten Belegschaft erzählt. Einschließlich Clint, wie ich nun erkannte.

»Mich beeindruckt Geld nicht, Clint. Wenn du mich kennen würdest, dann wüsstest du das.«

»Ja, weil du selbst eine Menge davon besitzt.«

Ich schnappte nach Luft. »Das war jetzt unangemessen, selbst für dich.«

Was war nur mit ihm los?

Er setzte an, etwas zu sagen, aber er wurde

daran gehindert, weil die Kinder mit lautem Getöse auf uns zuliefen.
In diesem Moment erhaschte ich einen Blick zur Stalltür und konnte beobachten, wie sich Paolo und Mary-Anne wie zwei Diebe aus dem Stall schlichen. Ich musste grinsen, aber gönnte Mary-Anne von Herzen eine Romanze.

Während wir später über die Prärie galoppierten, begann ich, über das ausgelassene Jubeln der Kinder zu lachen. Ich freute mich, dass sie im Heim so ein schönes Zuhause gefunden hatten.
Selbst der sonst mürrische Gesichtsausdruck von Clint war zum ersten Mal, seit ich ihn kannte, gelöst.
Warum nur konnte er nicht immer so entspannt sein?
Zudem gefiel mir der Anblick, wie er so auf dem Rücken des Pferdes saß. Er erschien mir wie der geborene Cowboy.

Kapitel 21

Ich schloss den Reißverschluss meines Kleides und betrachtete mich dann im Spiegel.
Durch die Sonnenstrahlen der letzten Wochen war meine Haut gebräunt und ich hatte zu meiner Freude etwas an Gewicht verloren. So wirkte das cremefarbene Kleid nun viel besser an mir als in London. Grinsend zwinkerte ich mir selbst zu, als Mary-Anne mein Zimmer betrat.
»Meinst du, dass es eine gute Idee ist, mit Ramón auszugehen?« Sie schien skeptisch zu sein, was mich wiederum nervös machte.
»Warum fragst du?«, antwortete ich mit einer Gegenfrage.
»Ach komm, Alexandra, du hast doch selbst bemerkt, wie grantig Clint die ganze Zeit ist, seitdem er weiß, dass du dich mit Ramón verabredetet hast.«
»Ist es mein Problem, dass er Ramón nicht leiden kann?« Ich hatte absolut keine Lust, an Clint zu denken.

Heute Abend wollte ich einen schönen Abend mit einem charmanten Mann verbringen. Einem Mann, der formvollendete Manieren hatte und einfach umwerfend aussah.

»Echt jetzt?«, fragte sie ungläubig. »Und dir ist nicht in den Sinn gekommen, dass Clint eifersüchtig sein könnte?«

»Dann soll er mir sagen, was er denkt«, meinte ich trotzig.

Mary-Anne stieß ein Stöhnen aus. »Hast du nach all den Wochen nicht bemerkt, dass Clint kein kommunikationsfreudiger oder gefühlsduseliger Mann ist?«

Ich musste widerwillig grinsen. Man konnte vieles über Clint sagen, aber gefühlsduselig war definitiv nicht dabei.

»Klar, aber er benimmt sich mal so und mal so. Ich weiß nie, woran ich bei ihm bin.« Jetzt stieß auch ich ein Stöhnen aus. Meine Gedanken wanderten zu meinen etlichen Begegnungen mit Clint, die mich verrückt machten.

»Ich kann nur sagen, was ich sehe, und zwar, dass er auf dich steht«, meinte Mary-Anne bestimmt. »Zumal er nach so langer Zeit endlich

wieder Interesse an einer Frau zeigt.«
»Nach so langer Zeit? Was meinst du damit?«
»Ich habe schon zu viel gesagt.« Ich merkte an ihrem plötzlich verschlossenen Gesichtsausdruck, dass sie mir nichts mehr erzählen würde.
Ich beschloss, das Thema zu wechseln, und zwinkerte ihr schelmisch zu. »Und was ist mit dir und Paolo?«
»Woher weißt du davon?«, fragte sie mit weit aufgerissenen Augen.
»Ich habe euch gesehen, als ihr, wie zwei Hühnerdiebe, händchenhaltend aus dem Stall abgehauen seid.« Dass ich die beiden beim Knutschen erwischt hatte, wollte ich ihr nicht erzählen. Sie hatte auch so schon einen roten Kopf bekommen.
»Na ja«, begann sie, »es ist alles noch so neu zwischen uns und …« Sie zuckte mit den Schultern.
»Mary-Anne, ich freue mich für euch beide. Genieße einfach die Zeit mit ihm. Wer weiß schon, was die Zukunft bringt?«
»Ich werde sehen«, sagte sie und stand auf.

»So, nun zu dir. Lass uns rausgehen, denn dein Prinz holt dich gleich ab.«
»Haha«, sagte ich nur.

Kaum stand ich ein paar Minuten später mit Mary-Anne vor dem Hauptgebäude, fuhr ein roter Sportwagen vor. Meine Freundin stieß einen Pfiff aus. »Der fährt ja schwere Geschütze auf, um dich zu beeindrucken.«
»Psst!«, zischte ich, denn Ramón stieg gerade aus dem Auto.
Mit einem Lächeln kam er auf uns zu. Ich spürte wieder diese Nervosität, die mich jedes Mal befiel, wenn ich ihm begegnete.
Sobald er vor mir zum Stehen kam, grüßte er Mary-Anne mit einem Nicken, während er nach meiner Hand griff und einen Kuss darauf hauchte. »Alexandra, was für eine Augenweide du wieder einmal bist.«
Ich schwebte im siebten Himmel und hatte das Gefühl, ich hätte eine Verabredung mit einem Hollywood-Star. »Vielen Dank für das Kompliment, Ramón«, antwortete ich atemlos.
»Das ist kein Kompliment, sondern die

Wahrheit.« Er schaute mich begehrlich an, was mir ein Kribbeln im Bauch bescherte.
Er lotste mich zum Auto, während er mit formvollendeten Manieren die Beifahrertür öffnete, um mich einsteigen zu lassen.
In diesem Moment geschahen zwei Dinge gleichzeitig. Clint brauste mit seinem Pick-up auf uns zu und hielt mit quietschenden Reifen hinter Ramóns Sportwagen an. Währenddessen lief Sofia mit der kleinen Hope im Arm auf uns zu. Die Leiterin der Krankenstation sah sehr besorgt aus, was mich stutzen ließ.
Ich ließ Ramón an der offenen Beifahrertür stehen und stellte mich neben Sofia. Mittlerweile hatten sich auch Mary-Anne und Clint zu ihr gesellt. Ich jedoch hatte nur Augen für die kleine Hope. Sie war sehr still, zu still. Das bescherte mir ein ungutes Gefühl.
»Was ist mit Hope?«, fragte ich bange.
Sofia stieß ein Seufzen aus. »Ihr Fieber ist gestiegen und sie ist ganz apathisch. Wir müssen sie ins Krankenhaus bringen.«
Mein Herz hämmerte heftig gegen meinen Brustkorb. »Ich komme mit.«

Ich blickte entschuldigend zu Ramón herüber, der die Szene verfolgte. »Es tut mir sehr leid, aber …«
Ramón war in wenigen Schritten bei mir und legte mir eine Hand auf die Schulter. »Schon gut, Alexandra, ich verstehe, dass die Kleine Vorrang hat.« Er gab mir einen Kuss auf die Wange. »Melde dich bitte bei mir, sobald du Näheres weißt.«
»Danke für dein Verständnis, Ramón«, sagte ich erleichtert. »Ich rufe dich an.«
Während er zu seinem Auto lief, blickte er mich aufmunternd an. Ich nickte ihm dankbar zu und eilte in Richtung Pick-up. Im Innern warteten Clint und Sofia mit Hope auf dem Arm auf mich.
Bevor ich einstieg, rief mir Mary-Anne hinterher, dass sie ebenfalls auf Nachricht warten würde. Ich nickte ihr zu, während ich mich setzte. Keine Sekunde später brauste Clint los.

Kapitel 22

Eine Dreiviertelstunde später erreichten wir endlich das Krankenhausgelände. Mittlerweile war ich ein totales nervliches Wrack. Immer wieder drang in meine Gedanken, dass Hope unbedingt wieder gesund werden musste. Die Kleine lag in Sofias Armen und reagierte auf nichts. Ich hatte furchtbare Angst um sie.

Kaum stoppte Clint das Auto, stieg ich aus und rannte gemeinsam mit Sofia zum Gebäude.

Am Rande registrierte ich, dass Clint blass hinter dem Steuer saß und keine Anstalten machte, auszusteigen. Er hatte die Lippen fest zusammengepresst und starrte vor sich hin. Verwundert fragte ich mich, warum er nicht mitkam, doch Hope war im Moment wichtiger, also rannte ich Sofia hinterher.

Sobald wir das Gebäude betraten, erschien eine Krankenschwester. Sofia berichtete ihr, dass Hope keine Flüssigkeit zu sich nehmen wollte und völlig lethargisch war. Wir wurden in einen der Behandlungsräume geführt, als

auch schon ein Arzt erschien.
Er stellte sich uns vor, aber ich hatte keine Geduld für höfliche Konversation. »Sagen Sie uns, was mit ihr nicht stimmt.«
Er nahm die Kleine an sich und legte sie auf der Untersuchungsliege ab. Hope sah so winzig und kläglich aus, dass ich schon wieder spürte, wie mir Tränen in die Augen stiegen.
Der Arzt schaute uns an. »Bitte warten Sie draußen.«
Mir lag schon auf der Zunge, »Nein« zu sagen, aber ich bemerkte Sofias Kopfschütteln. »Es ist besser so, Alexandra, glaube mir. Wenn man ein Kind weinen sieht, dann macht es einen ganz fertig.«
Gemeinsam verließen wir den Raum und setzten uns draußen im Flur auf eine Holzbank. Ich zappelte unruhig mit den Beinen. Das Gefühl, nicht zu wissen, was im Untersuchungszimmer mit Hope geschah, brachte mich an meine Grenzen. Ich musste mich ablenken.
Sofia, die ganz still und in sich gekehrt neben mir saß, hatte die Hände verschränkt und schien zu beten. Ich hielt nichts davon, wollte

sie aber auch nicht dabei stören.
Trotz allem musste ich etwas tun, denn das Warten machte mich fertig. Also sprang ich auf und begann, hin und her zu laufen.
Sofia blickte mich traurig lächelnd an. »Ich weiß, es ist die Hölle, nicht zu wissen, was dort drin geschieht.«
Ich ließ mich wieder auf die Bank fallen. »Ja, es ist zum Verrücktwerden.«
Dann kam mir ein Gedanke. »Sag mal, Sofia, warum ist Clint nicht mit herein gekommen?«
Ihr Gesicht nahm einen leidenden Ausdruck an. »Er kann nicht. Ich meine, er betritt nie ein Krankenhaus. Nicht seit …« Sie verstummte.
»Seit wann?«
»Das musst du ihn schon selbst fragen, Alexandra.«
Ich war frustriert. Erst Mary-Anne mit ihren kryptischen Äußerungen und jetzt auch noch Sofia. Wie viele Geheimnisse hatte Clint eigentlich?
Ich hatte keine weitere Gelegenheit, nachzuhaken, denn in diesem Moment öffnete sich die Tür des Behandlungszimmers und der Doktor,

dessen Namen ich vergessen hatte, kam mit Hope im Arm heraus. Auf ihren Wangen schimmerten Tränen und mir brach es das Herz.

»Die Kleine ist dehydriert. Wir werden sie hier behalten und sie an einen Tropf anschließen. Es wäre gut, wenn jemand hierbleibt und ihr beisteht.« Er schaute uns fragend an.

»Ich bleibe«, sagte ich bestimmt. »Sofia, du musst dich um die Krankenstation kümmern.«

Beide nickten. Der Doktor, zu dessen Namensschild ich kurz hinüber schielte, hieß Manoso. Er bedeutete mir mit seinem Arm, ihm zu folgen. Schnell schaute ich noch einmal zu Sofia.

»Kann mir bitte jemand ein paar Wechselklamotten vorbeibringen?«

»Ja, ich sage Mary-Anne Bescheid. Und nun geh mit Hope.«

Mit einem Lächeln verabschiedeten wir uns voneinander und ich lief Doktor Manoso hinterher.

Sobald wir das Zimmer betraten, in dem Hope untergebracht worden war, legte der Arzt die Kleine ins Gitterbettchen. Die Schwester

erschien mit dem Infusionsbeutel, der an einem Ständer hing.
Ich war schon wieder den Tränen nahe, als ich beobachtete, wie Hope von dem Doktor an ihrer linken Hand eine Kanüle eingesetzt bekam. Sie zuckte nicht einmal mit der Wimper, was mich noch mehr ängstigte, als wenn sie geweint hätte. Die Kleine war viel zu apathisch und das schmerzte mich im Herzen.
Nachdem der Doktor die Infusion angelegt hatte, verabschiedete er sich von mir. Ich schnappte mir einen Stuhl und setzte mich neben das Bettchen.
»Hope, mein Schatz, ich verspreche dir, dass du wieder ganz gesund wirst.« Zärtlich streichelte ich ihre Wange, während ihre großen Kulleraugen mich anblickten. Ich wollte sie am liebsten tröstend in den Arm nehmen, aber wusste nicht, ob es erlaubt war.
Nach einem kurzen Klopfen erschien ein großer Kerl, der ein Bett hereinschob. Offenbar wollte man mir den Aufenthalt so angenehm wie möglich machen.
»Guten Abend, Señorita«, sagte der Pfleger

lächelnd, während er das Bett neben Hopes stellte.
Ich erwiderte seinen Gruß und fragte nach der Schwester.
»Ich sage ihr gleich Bescheid, dass Sie sie sprechen möchten«, antwortete er und verließ das Zimmer.
Nicht einmal zwei Minuten später erschien die Krankenschwester und blickte mich fragend an. »Gibt es ein Problem?«
»Nein, nein«, beeilte ich mich zu sagen. »Ich wollte nur fragen, ob ich die Kleine in den Arm nehmen darf.«
»Aber natürlich, Señorita, passen Sie nur auf, dass die Kanüle nicht verrutscht.«
Nachdem die junge Frau aus dem Zimmer gegangen war, beugte ich mich zu Hope und nahm sie vorsichtig hoch. Immer darauf bedacht, dass die Infusionsnadel an ihrem Platz blieb. Sobald ich mich auf das Bett gesetzt hatte, lehnte ich mich ans Kopfende und betrachtete die Kleine. Leise begann ich zu singen. Es gab mir selbst Trost, denn hätte ich nicht gesungen, so wäre ich in Tränen

ausgebrochen.
Aber Hope brauchte eine starke Bezugsperson und kein Häufchen Elend.

Erst fünf Tage später ging es Hope wieder so weit gut, dass sie entlassen werden konnte.
Ihr Lächeln entschädigte mich für all die Strapazen der letzten Tage und die unruhigen Nächte. Die Ängste, die ich ausgestanden hatte, hatten mir gezeigt, was Mutterliebe bedeutete. Ich vergötterte die Kleine, als wäre sie meine eigene Tochter.
Während ich mit Hope im Arm zum Ausgang lief, verabschiedete ich mich vom Krankenhauspersonal und trat hinaus in den strahlenden Sonnenschein.
Clint wartete dort auf mich und ich stieg glücklich lächelnd mit ihr in den Wagen.

Kapitel 23

Heute Abend hatten wir die Gemeinde und Ramón Soveno, als Dank für die großzügigen Spenden, eingeladen. Zudem kamen ebenfalls einige Paare aus den Staaten, um in ungezwungener Atmosphäre die Kinder kennenzulernen. Das Waisenhaus war sehr sorgfältig in seinem Bemühen, die passenden Eltern zu vermitteln. Wie mir Mary-Anne mitgeteilt hatte, wurden die zukünftigen Adoptiveltern ziemlich genau unter die Lupe genommen und von Clint überprüft. Um den Tagesablauf der Kinder nicht zu stören, wurde den potenziellen Eltern nur sehr selten außerhalb der vereinbarten Termine der Besuch erlaubt. Die Termine waren, so wie heute Abend, immer an einem Tag-der-offenen-Tür, der einmal im Quartal stattfand.

Ich schaute interessiert aus dem Fenster der Küche. Jeder schien mit den Vorbereitungen beschäftigt. Selbst die Kinder wollten mit anpacken.

Ich musste schmunzeln, als ich Pepe dabei beobachtete, wie er nach Clints Anweisungen einen Nagel in das Holz für die Bühne schlug. Mit Stolz in den Augen blickte er Clint an, der ihm zärtlich über den Kopf strich.
Clint würde wahrlich einen guten Vater abgeben. Warum war er nicht in einer Beziehung? Wieder drängte sich in meine Gedanken, was mir Mary-Anne gesagt hatte. Was hatte sie mit »nach so langer Zeit« gemeint? War Clint womöglich von einer Frau verlassen worden?
Ich nahm den Blick von ihm, denn wir hatten noch eine Menge Vorbereitungen zu treffen. Das Essen kochte sich schließlich nicht von allein.

Stunden später legte ich das Kleid an, welches mir Clint gekauft hatte, und betrachtete mich im Spiegel. Er hatte recht gehabt, denn es umschmeichelte wirkungsvoll meinen Körper. Durch die eingearbeiteten goldenen Fäden im Stoff schimmerte es wundervoll.
Nachdem ich schnell etwas Lipgloss aufgelegt hatte, machte ich mich auf den Weg zur Feier.

Der Abend schien ein voller Erfolg zu sein. Überall sah ich lachende und tanzende Menschen, als ich mich dem Tisch näherte, an dem Ramón gemeinsam mit Mary-Anne saß, gegenüber von Clint und Paolo.
Ich grüßte in die Runde und setzte mich auf den freien Platz zwischen Ramón und Mary-Anne. Ich bemerkte Clints Blick, als er das Kleid betrachtete, welches ich trug. Er schien sich zu freuen, wie ich an seinen glänzenden Augen sehen konnte. Verlegen schob ich mir eine Haarsträhne hinter das Ohr und betrachtete die Menschen um uns herum.
Die Kinder rannten glucksend umher, wobei Pepe wieder einmal der Anführer zu sein schien und seinen Freunden lautstarke Kommandos zurief. Ich musste grinsen und mir ging das Herz auf, weil ich mich freute, dass die Kinder so unbeschwert sein konnten.
Plötzlich blieb Pepe vor Ramón stehen. Mit einer Verbeugung in seine Richtung sprach er ihn an. »Señor Soveno, ich begrüße Sie in unserem bescheidenen Heim.«
Dieser kleine Charmeur, dachte ich bei mir und

musste mir das Lachen verkneifen.
Ramón grinste ebenfalls und gab dem Jungen die Hand. »Ich bin sehr geehrt und erfreut über die Einladung, mein Junge.«
Pepe bekam vor Aufregung ganz rote Ohren, was ich total süß fand. Er verabschiedete sich von uns, erneut mit einer Verbeugung, und lief wieder zu seinen Freunden.
Kaum, dass sich der Knirps entfernt hatte, beugte sich Ramón zu mir. »Hättest du Lust auf einen Spaziergang am Strand?« Mir wehte der frische Duft seines Aftershaves in die Nase und in meinem Bauch begann es zu kribbeln.
Ich sah Clints missgelaunten Blick aus dem Augenwinkel, während ich Ramón ein Lächeln schenkte. »Sehr gerne.«
Er griff nach meiner Hand, hauchte einen Kuss darauf und zog mich hoch. Händchenhaltend entfernten wir uns von den anderen.
Nebenbei bemerkte ich, dass Clint ebenfalls aufgestanden war und mit schnellen Schritten in Richtung seines Bungalows lief. Er schien aufgebracht zu sein, wie ich an seinen Händen erkannte, die er zu Fäusten geballt hatte. Das

machte mich seltsamerweise traurig. Resolut verdrängte ich meine Gedanken an Clint und blickte zu Ramón.

Während wir Hand in Hand dem schmalen Pfad in Richtung Strand folgten, prickelte alles in mir. Ich war berauscht von Ramóns Interesse.

Sobald wir an der Bucht angelangt waren, stellte sich Ramón vor mich. Liebevoll schaute er mich an. »Was machst du nur mit mir, Alexandra?«

»Ich tue noch gar nichts.« Mein Hals war zugeschnürt wegen der Intensität seines Blickes.

Er lächelte auf mich herab. »Du bist etwas ganz Besonderes, weißt du das? Vor ein paar Tagen, als du wegen dem kleinen Mädchen besorgt gewesen bist und ich deine Fürsorge gesehen habe … in diesem Moment, Alexandra, da wusste ich es.«

»Was wusstest du?«, fragte ich mit schnell schlagendem Herzen.

»Dass du die Frau bist, auf die ich mein Leben lang gewartet habe. Ich habe mich augenblicklich in dich verliebt.«

Mein Herz setzte bei seinen Worten für einen Moment aus. Er hatte sich in mich verliebt? So schnell? Ich war überwältigt von der Stärke seiner Gefühle, aber dennoch baute sich ein kleiner Zweifel in mir auf. Wir kannten uns kaum und ich hoffte, dass er nicht nur diese Worte sagte, um mich ins Bett zu bekommen. Andererseits war ich von seiner Präsenz und Ausstrahlung dermaßen fasziniert, dass es mich fast trunken machte. Ganz zu schweigen von seinen exzellenten Manieren.
Ich hatte keine Gelegenheit, etwas darauf zu erwidern, denn er beugte sich zu mir hinunter und schmiegte sanft seine Lippen auf meine. Zärtlich hielt er mich in seinen Armen, während er mit der Zunge meine Lippen teilte und sanft die meine umspielte. Ramón küsste mich gekonnt und mit Hingabe. Ich erwiderte den Kuss, dennoch spürte ich keine Schmetterlinge im Bauch. Warum nur?
Ramón zog sich von mir zurück und streichelte sanft über meine Wange. »Ich muss jetzt leider gehen, aber ich würde mich wahnsinnig freuen, wenn du mich morgen Abend

besuchen kommst.«

»Sehr gerne«, sagte ich automatisch und immer noch verwirrt über die Tatsache, dass mich der Kuss nicht überwältigt hatte. Hatte ich womöglich zu hohe Erwartungen gehabt?

Ramón lächelte. »Ich lasse dich morgen gegen neunzehn Uhr von Jordano abholen. Ich möchte dir bei mir zu Hause einen wundervollen, deiner würdigen Abend bescheren.«

Ich nickte zustimmend. Doch in meinem Innern beschlich mich das Gefühl, als wäre alles falsch. Ich wollte Ramón doch, oder nicht? Meine Gedanken überschlugen sich, während wir Arm in Arm zu seinem geparkten Auto liefen.

Sobald wir ankamen, hauchte er mir einen Kuss auf die Lippen. »Schlaf schön, meine Göttin.«

»Du auch«, krächzte ich benommen.

Während ich seinen Wagen davonfahren sah, tobten in mir die unterschiedlichsten Gefühle. Ich war von seinen Worten geschmeichelt gewesen. Genauso wusste ich auch, dass Ramón ein Mann war, der all meine Träume eines

perfekten Kavaliers erfüllte. Gut aussehend, charmant, wohlhabend, und und und …
Nur warum hatte ich den Kuss nicht genießen können?
Und zum Teufel noch mal, warum tauchte ständig das Gesicht von Clint in meinem Hirn auf?
Der verletzte Ausdruck auf seinem Gesicht, als er zugesehen hatte, wie Ramón und ich zum Strand hinuntergelaufen waren, bescherte mir ein Gefühl, als hätte ich ihn betrogen. Was völlig absurd war.
So konnte es nicht mehr weitergehen. Es wurde Zeit, mir endlich Klarheit über meine sowie über Clints Gefühle zu verschaffen.
Bevor mich noch der Mut verließ, machte ich mich schnurstracks auf den Weg zu ihm.

Kapitel 24

Clint öffnete die Tür und blickte mich finster an. »Was willst du hier, Prinzessin? Konnte Ramón deine sexuellen Gelüste etwa nicht befriedigen?«

Offensichtlich war es keine so gute Idee gewesen, herzukommen. Ich schämte mich plötzlich. Was hatte ich mir nur dabei gedacht, hier einfach aufzutauchen? Außerdem hätte ich nichts anderes von Clint erwarten sollen, als dass er mich wieder beleidigen würde.

»Entschuldige bitte, dass ich dich gestört habe.« Als ich mich gerade abwenden wollte, um vor Scham am liebsten in ein Loch zu stürzen, griff er nach meinem Handgelenk. Er zog mich heftig in seinen Bungalow hinein und knallte die Tür hinter mir zu.

Ich hatte keine Gelegenheit, zu reagieren, denn er stieß mich mit seinem Körper gegen das Holz und presste seine Lippen auf meine.

Endlich!, war mein einziger Gedanke, als er meinen Mund eroberte. Kein Vergleich zu dem

Kuss von Ramón vor ein paar Minuten. Clints Küsse waren hitzig und wild, sodass in mir alles zu vibrieren begann.

Ich stand ihm in nichts nach und küsste ihn genauso leidenschaftlich zurück. Meine Hände krallten sich an seinen Schultern fest, um ihn noch näher zu ziehen. Ich wollte ihn so nahe wie möglich an meinem Körper spüren.

Als könnten wir es beide nicht mehr erwarten, zerrten wir uns hastig die Kleidung vom Leib. Nach kürzester Zeit stand ich ihm keuchend gegenüber. Ich trug nur noch meinen Slip.

»Bist du dir sicher?«, fragte er mich mit zusammengekniffenen Augen.

Ich konnte nur nicken, denn mich überwältigten gerade die Emotionen. Ich wollte ihn, mit jeder Faser meines Seins.

Bei der ersten Berührung unserer Haut stöhnten wir beide auf. Ich wurde von seinem festen Körper umfangen sowie von seinem ureigenen Duft eingehüllt. Unsere Küsse waren hungrig und wild, während unsere Hände auf Wanderschaft gingen. Jedes noch so kleine Detail von ihm wollte ich ertasten. Zudem machte mich

seine Erregung, die gegen meinen Bauch drückte, extrem an. Ich drängte mich ihm stöhnend entgegen.
Mit einem Ruck hob er mich in seine Arme und lief zum Schlafzimmer. Dort platzierte er mich auf dem Bett und legte sich der Länge nach auf mich. Ich genoss seinen sehnigen Körper auf meinem.
Während er den Kuss unterbrach, wanderten seine Lippen ein Stück hinab zu meinen Brüsten. Immer abwechselnd sog, knabberte und leckte er über meine Brustwarzen. Ich warf den Kopf hin und her, denn es war gleichzeitig zu viel sowie auch zu wenig. Meine Mitte pochte extrem und ich drückte mich ihm entgegen, um an seiner Härte zu reiben. Meine Hände krallten sich an seinem Po fest, denn ich wollte ihn so nah wie möglich an mir. Am liebsten ganz tief in mir.
Clint glitt an meinem Körper hinab und begann, mir den Slip herunterzuziehen. Er warf ihn anschließend achtlos zu Boden und spreizte meine Beine.
Oh ja, genau dort wollte ich ihn. Ich lechzte

regelrecht danach, von ihm berührt zu werden. Doch plötzlich stockte er. Ich stützte mich mit meinen Ellenbogen ab und schaute in an.
Während er stirnrunzelnd meine Mitte betrachtete, begann ich, nervös zu werden.
Was war denn los? Sah ich vielleicht dort unten anders aus als die Frauen, mit denen er geschlafen hatte? Ich besaß schließlich keine Vergleichsmöglichkeiten.
Clint räusperte sich. »Ähm … bist du vielleicht krank oder so?«
Erschrocken schnappte ich nach Luft. Was stimmte nicht mit meinem Intimbereich?
»Nein, warum fragst du mich das?«, krächzte ich mit trockenem Hals.
»Na ja«, begann er etwas verlegen. »Du hast keine Haare und da dachte ich, dass du womöglich eine Krankheit hast.«
War das sein Ernst? »Willst du mir etwa sagen, dass du noch nie mit einer Frau zusammen gewesen bist, die sich die Haare hat wachsen lassen?«
»Wachsen?« Clint schaute mich an, als wäre ich begriffsstutzig. »Alexandra, dort unten

wächst nichts. Da ist alles kahl.«

Ich konnte nicht mehr an mich halten und prustete los, was mir einen strafenden Blick von Clint einbrachte.

Zwischen meinen Lachsalven stieß ich atemlos hervor: »Ich habe mir mit Wachs die Haare entfernt, Clint.«

»Warum?« Sein verständnisloser Blick ließ mich noch mehr gackern. »Alexandra, das ist nicht normal. Du siehst nicht wie eine Frau aus, sondern wie ein Kind. Und ich stehe definitiv nicht auf kleine Mädchen.«

Er schien beleidigt, sodass ich ihn beschwichtigen wollte. »Keine Sorge, in ungefähr vier Wochen beginnt wieder alles zu wachsen.«

»Na, zum Glück«, brummte er erleichtert, was mich erneut zum Kichern brachte.

Meine Belustigung verging mir jedoch, als er plötzlich seinen Kopf senkte und mit seiner Zunge zwischen meine Schamlippen schlüpfte. Immer schneller zuckte seine Zungenspitze über meine empfindliche Stelle und dabei nahm er keinen Augenblick seinen Blick von meinem. Ich keuchte immer heftiger, denn

die Intensität, mit der er mich ansah und gleichzeitig so heftig leckte, machte mich wahnsinnig.
Plötzlich stoppte er und ich stieß ein Wimmern aus. »Hör jetzt bloß nicht auf!«
»Hatte ich nicht vor, Prinzessin. Ich möchte sehen, wie du deine Brüste streichelst, während ich dich mit der Zunge verwöhne. Ich will, dass du für mich kommst, Alexandra.«
Ich liebte es, wie er meinen Namen sagte. Es klang so melodisch.
Während er mich immer noch so intensiv anschaute, begann ich, mit den Fingerkuppen über meine Brustwarzen zu streicheln. Das kribbelnde Gefühl, das dabei entstand, ließ meine Mitte vor Verlangen pulsieren.
Clint setzte seine Liebkosungen fort, leckte immer schneller über meine Perle, während ich meine Nippel zwirbelte.
Als er seinen Mund vollständig auf meine Mitte legte, dabei mit der Zunge heftig über meinen Kitzler fuhr, schrie ich auf. Ich spürte, wie ich zu zucken begann, während der Orgasmus über mich hinwegfegte. Noch nie hatte ich

solche intensiven Gefühle gespürt, nie auch nur im Ansatz gewusst, wie heftig ich reagieren konnte.
Clint ließ nicht von mir ab, reizte mich immer weiter, so intensiv, dass ich spürte, wie sich der nächste Höhepunkt anbahnte. Ich schrie laut seinen Namen, während ich bebend erneut kam und meine Mitte gegen seinen Mund drückte.
Mit feuchten Lippen schaute er mich zufrieden grinsend an.
Schnell richtete er sich auf, griff in seinen Nachtschrank und holte eine Großpackung Kondome heraus.
Ich war verwundert, aber von meinen zwei Orgasmen noch derart überwältigt, dass ich mir keine weiteren Gedanken darüber machte.
Rasch holte Clint ein Kondom heraus, riss die Verpackung auf und stülpte es sich dann über.
»Sorry, mein Herz, aber ich kann nicht mehr länger warten«, keuchte er. Er spreizte meine Beine noch etwas weiter und stieß ungestüm in mich. Seine Größe war enorm und füllte mich bis zum Anschlag aus.

Ich aber wollte es genau so und schlang meine Beine um seine Hüften. Immer schneller und heftiger stieß er in mich, beugte sich zu meinem Hals und knabberte daran. Ich war jenseits von Gut und Böse, als ich spürte, wie sich in mir alles zusammenzog.
»Oh, fuck, bist du eng!«, stöhnte er.
Immer wilder wurden seine Bewegungen, wobei ich das Gefühl hatte, gleich Sternchen zu sehen. Unser beider Keuchen schallte durch den Raum, während mich plötzlich eine heftige Welle erfasste. »Oh Gott, Clint, ja!«, schrie ich los.
Clint küsste mich wieder. Genauso wie er in meine Mitte drang, genauso tat er es mit seiner Zunge in meinen Mund. Unser beider Atem vermischte sich miteinander, während wir laut stöhnten.
Den Augenblick, als wir fast zeitgleich unseren Höhepunkt erlebten, spürte ich nicht nur zuckend in meiner Mitte, sondern auch durch sein Aufbrüllen in meinem Mund.
In diesem Moment waren wir eins. Mit Körper und Seele vereint.

Kapitel 25

Eng umschlungen lagen wir zusammen, während sich mein Atem langsam wieder beruhigte. »Clint, kann ich dich etwas fragen?«

Er brummte zustimmend.

»Warum hast du eine Großpackung Kondome? Das müssen ja mehrere Hundert sein.«

»Um genau zu sein, befinden sich jetzt noch neunundneunzig darin.«

Ich riss meine Augen auf. »Warum brauchst du denn so viele? Hast du so viel Sex?« Meine Stimme klang anklagend, denn es würde mir überhaupt nicht gefallen, wenn er ständig mit irgendwelchen Frauen schlief.

Doch ich bemerkte, dass Clint zum ersten Mal, seit ich ihn kannte, rot wurde. »Ähm …«, begann er verlegen. »Das war ein Geschenk von Paolo. Ich hatte Geburtstag und er meinte zu mir: *Die Kondome hast du nun. Jetzt brauchst du nur noch eine Frau. Aber da kann ich dir nicht helfen, denn die musst du dir selbst suchen.* Um ehrlich zu sein, Alexandra, bin ich jetzt froh darüber, denn ansonsten hätte ich keine Kondome vorrätig gehabt.«

Ich brach in Lachen aus, was ihn dazu veranlasste, sich mit einem grollenden Geräusch auf mich zu legen. Dann presste er seine Lippen auf meine.

Ich beendete den Kuss und blickte ihn fragend an. »Ähm, wie lange ist es denn her, dass du mit einer Frau geschlafen hast?«

Er stieß ein Stöhnen aus und lehnte seine Stirn an meine. »Zwei Jahre«, meinte er knapp.

Ich spürte, dass er nicht weiter darüber sprechen wollte. Dennoch machte mich der Gedanke glücklich, dass er kein Mann war, der wahllos Sex mit diversen Frauen hatte.

Ich entzog mich seiner Umarmung und setzte mich auf, denn ich wollte unbedingt etwas tun. »Clint, darf ich das bei dir machen, was du bei mir gemacht hast?«

Er hob überrascht seine rechte Augenbraue. »Und das wäre?«

»Na ja, das mit dem Mund«, antwortete ich verlegen.

»Warum sprichst du es nicht aus?«, fragte er.

Ich wand mich. »Das kann ich nicht. Das ist nicht meine Art.«
»Ich will es aber hören, Prinzessin.« Er schien unnachgiebig und grinste mich dreckig an.
Na, warte, dachte ich mir, *dir werde ich es noch zeigen.*
Ich schaute ihm ganz tief in die Augen und sagte: »Clint, ich will deinen Schwanz ganz tief in den Mund nehmen, daran saugen und so lange mit meiner Zunge darüber lecken, bis du zum Orgasmus kommst.«
Ich hätte nie gedacht, dass es mich selbst so heiß machen würde, wenn ich es direkt aussprach.
Clint riss die Augen vor Überraschung auf und schmiss sich mit einem Stöhnen auf den Rücken. »Puh, du machst mich fertig, Prinzessin. Also gut, nur zu, ich gehöre ganz dir.«
Während ich mich zu seinem schon erigierten Schwanz beugte, spürte ich, wie sehr ich ihn kosten wollte, und leckte genüsslich über meine Lippen …

Ich erwachte am nächsten Morgen neben

einem heißen und festen Körper. Noch bevor ich meine Lider öffnete, musste ich lächeln. Was für eine Nacht!

Als sich Clint im Schlaf regte, erinnerte ich mich unwillkürlich an all die Dinge, die wir miteinander gemacht hatten. Errötend und schmunzelnd zugleich betrachtete ich ihn. Seine Gesichtszüge waren entspannt, verschwunden war sein herrischer Gesichtsausdruck. Er wirkte fast so friedlich wie ein Baby, sodass ich ihn am liebsten wach geküsst hätte. Aber ich spürte, dass ich auf die Toilette musste. Ganz vorsichtig, um ihn nicht zu wecken, befreite ich mich aus seiner Umarmung und stieg aus dem Bett. Unterwegs schnappte ich mir sein Hemd und streifte es über. Ich konnte seinen Duft, der daran haftete, riechen – was mir sehr gefiel.

Nachdem ich kurze Zeit später das Bad verlassen hatte, begab ich mich ins Wohnzimmer. Gestern Abend waren wir viel zu sehr damit beschäftigt gewesen, übereinander herzufallen, jetzt aber hatte ich genügend Zeit, um Clints Behausung genauer in Augenschein zu

nehmen.
Der Wohnbereich war gemütlich eingerichtet, mit einem einladenden, beigefarbenen, großen Sofa sowie dunklen Holzmöbeln. Ich blickte grinsend zum Sessel und erinnerte mich an diesen einen Abend, als er sich selbst Lust verschafft hatte.
Ich schaute mich weiter um und das, was mir sofort ins Auge stach, war ein Ölgemälde an der Wand über einer Kommode.
Es zeigte das Porträt einer wunderschönen, schwarzhaarigen Frau. Der Maler hatte gekonnt ihre sanften, braunen Augen eingefangen sowie das sympathische Lächeln auf ihren Lippen.
Nur, wer war diese Frau?
Ich zuckte erschrocken zusammen, als ich Clints Körper hinter mir spürte. »Das ist Jolanda, meine Frau.«
Ruckartig drehte ich mich zu ihm. »Du bist verheiratet?«
Oh, mein Gott, ich habe mit einem verheirateten Mann geschlafen!
Er fuhr sich mit der Hand durch die Haare.

»Ich war verheiratet. Jolanda ist vor zwei Jahren verstorben.«
»Oh, Clint, das tut mir leid. Was ist geschehen?«
In diesem Moment begriff ich auch seine knappe Antwort gestern Abend, als er mir gesagt hatte, dass sein letzter Sex zwei Jahre her war. Das würde bedeuten, dass er das letzte Mal mit Jolanda geschlafen hatte.
Dadurch stieg Clint noch mehr in meiner Achtung. Welcher Mann liebte seine Frau so sehr, dass er nach ihrem Tod keine andere Frau mehr ansah, geschweige denn mit ihr schlief? Dass ich diejenige war, bei der er schwach geworden war, machte mich überglücklich.
Clint lief zum Sofa, seinen Blick immer noch auf das Gemälde gerichtet. Während er sich hinsetzte, stieß er ein Seufzen aus. Ich nahm neben ihm Platz. Neugierig blickte ich ihn an.
Er schien mit seinen Gedanken meilenweit entfernt, als er auf den Boden starrte und zu sprechen begann. »Jolanda und ich waren fast zwanzig Jahre zusammen. Fünfzehn davon verheiratet. Sie liebte Kinder über alles, aber

leider war es uns nicht vergönnt, eigene zu haben. Da reifte in ihr eines Tages die Idee mit dem Waisenhaus. Sie wollte Kindern die Möglichkeit geben, in einem paradiesischen Zuhause zu leben. Sie kannte natürlich die Zustände hier in Mexiko und die Armut. Zu viele Kinder lebten auf der Straße und das konnte sie nicht ertragen. So begannen wir mit dem Bau vom *Paradise*.«

Ich blickte hoch zu dem Gemälde und wünschte mir widersinnigerweise, sie gekannt zu haben. Was ziemlich dämlich war, denn ich wäre nie mit Clint zusammengekommen, wenn sie noch am Leben gewesen wäre. Aber Jolanda musste eine erstaunliche Frau gewesen sein. Genauso wurde mir in diesem Augenblick bewusst, wem das Waisenhaus gehörte. Ich hatte vorher überhaupt nicht darüber nachgedacht.

Ich schaute wieder zu Clint. »Was ist dann geschehen?«

»Während Jolanda eines Tages den Bau eines der neuen Bungalows beaufsichtigte, trat sie versehentlich auf einen rostigen Nagel. Ich selbst war nicht vor Ort, denn ich befand mich zu dem Zeitpunkt in Texas, um mich um den Nachlass meines verstorbenen Vaters zu kümmern. Wie ich von Berta später erfahren habe, weigerte sich Jolanda, einen Arzt aufzusuchen. Die Tage vergingen und die Wunde entzündete sich. Als ich hierher zurückkam, lag sie mit Fieber im Bett. Ich trug sie zum Auto und fuhr wie ein Verrückter mit ihr ins Krankenhaus. Aber es war zu spät. Ihr Blut war vergiftet und die Ärzte konnten nichts mehr für sie tun.«

In diesem Moment spürte ich die Tränen, die über meine Wangen liefen. Ich weinte sowohl wegen Clint als auch um das verpasste Leben von Jolanda. Zudem fiel mir seine Reaktion beim Krankenhaus ein. Er hatte den Ort nicht betreten können, wo Jolanda gestorben war. Niedergeschlagen blickte ich wieder das Gemälde an.

»Wenn es dich stört, dann hänge ich das Bild ab«, sagte Clint.

»Nein, Jolanda war ein Teil deines Lebens. Sie hat dich auch zu dem Mann gemacht, der mir

sehr viel bedeutet.«
Clint berührte daraufhin mein Kinn und drehte mein Gesicht in seine Richtung. Der Kuss, den er mir gab, stand in keinem Vergleich zu den vorherigen. Er war liebevoll und sanft, sodass ich eine innige Vertrautheit zwischen uns spürte.
Er sah mich mit einem zärtlichen, fast schon scheuen Ausdruck im Gesicht an. »Sehen wir uns heute Abend?«
»Oh je, ich habe ganz vergessen, dass ich mit Ramón verabredet bin.«
Sein Gesicht verdunkelte sich. »Sag einfach ab.«
»Es geht auch um das Waisenhaus, Clint. Ich werde hingehen und ihm mitteilen, dass er sich keine Hoffnungen machen soll, aber trotz allem ein guter Freund für uns sein kann.«
»Das kannst du ihm auch am Telefon sagen.« Seine Augen hatten einen harten Ausdruck angenommen.
Ich stieß ein Seufzen aus. »Nein, Clint, es ist besser, wenn ich mit ihm persönlich spreche. Ich muss jetzt leider los, weil ich Küchendienst

habe. Heute Abend bin ich wieder zurück. Wenn du möchtest, komme ich vorbei.«

»Mach, was du willst.« Er stand auf und lief ins Bad. Als die Tür ins Schloss fiel, stand ich mit einem erneuten Seufzen auf und ging ins Schlafzimmer, um mich anzuziehen.

Es frustrierte mich, dass er mir nach einem so innigen Moment zwischen uns plötzlich wieder mit Kälte begegnete. Auch wenn ich seine Reaktion verstand, so musste er mir doch genug Vertrauen entgegenbringen können, um zu verstehen, dass ich nur ihn wollte.

Sobald ich fertig angezogen war, hörte ich Geräusche und folgte ihnen kurzerhand in die Küche. Clint goss gerade Wasser in die Kaffeemaschine.

»Clint, ich muss jetzt los, sehen wir uns später?«

Er drehte sich nicht einmal um, was mich wütend machte. Ich verließ die Küche, schlüpfte in meine Pumps und rannte hinaus. Vorher knallte ich die Tür heftig zu.

Kapitel 26

Draußen, auf dem Weg in den Bungalow, kam mir Mary-Anne entgegen. Sie grinste mich an.
»Ich will jedes schmutzige Detail hören.«
»Keine Zeit, ich muss mich schnell umziehen gehen.« Schließlich trug ich das Kleid von gestern Abend.
Sie lachte los. »Ich warte in der Küche auf dich.«

Eine halbe Stunde später, nachdem ich geduscht und die Arbeitskleidung angezogen hatte, erreichte ich die Küche. Mit einem Stöhnen ließ ich mich auf einen Stuhl fallen und streckte mich nach der Kaffeekanne. Ich brauchte jetzt unbedingt Koffein, nach dieser kurzen Nacht.
»Erzähl schon«, verlangte Mary-Anne.
Berta, die gerade Speck anbriet, schaute über ihre Schulter zu uns herüber und stieß ein Schnauben aus.
In diesem Moment wurde mir bewusst, dass

Berta womöglich nicht damit einverstanden wäre, wenn Clint und ich zusammen waren. Sie hatte Jolanda gekannt und sie waren vermutlich miteinander befreundet gewesen.
»Er hat es dir erzählt, nicht wahr?«, fragte mich Mary-Anne.
Ich nahm dem Blick von Bertas Rücken, blickte zu Mary-Anne und stieß ein Seufzen aus. »Ja, hat er. Es ist traurig, was mit Jolanda geschehen ist. Sie muss eine wundervolle Frau gewesen sein.«
Aus dem Augenwinkel bemerkte ich, dass Berta sich wieder ruckartig in meine Richtung drehte und mich eigenartig anblickte.
Ich versuchte, sie nicht zu beachten, und schaute zu Mary-Anne, die mir bestätigend zunickte. »Ja, Jolanda war eine bemerkenswerte Frau. Stets hatte sie ein Lächeln im Gesicht und sie hat nie an sich selbst, sondern immer an andere gedacht«, sagte sie traurig. »Der Tag ihres Todes war der Tag, an dem Clint aufgehört hat zu leben. Auch die Kinder waren damals untröstlich und haben bei der Beerdigung alle eine weiße Rose auf das Grab gelegt.

Anschließend sangen sie für ihre Mamá, wie sie Jolanda immer genannt haben, ein Lied.«
Ich stellte mir diesen Tag gedanklich vor und spürte, dass meine Augen feucht wurden. Wie unsagbar traurig.
Mary-Anne straffte die Schultern, so als ob sie die unliebsamen Gedanken verscheuchen wollte. »Jedenfalls freut es mich sehr, Alexandra, dass Clint sich wieder verliebt hat.«
Hat er das?, wollte ich am liebsten fragen. Ich hoffte es sehr, denn ich war definitiv verliebt in ihn. Das wurde mir in diesem Augenblick klar und ich war erstaunt über meine intensiven Gefühle ihm gegenüber. Im Grunde war Clint das genaue Gegenteil von dem Typ Mann, auf den ich für gewöhnlich stand. Herrisch, ungehobelt und teilweise unfreundlich. Dennoch wusste ich tief in meinem Innern, dass er der Eine war.
Das muss Liebe sein, sinnierte ich.
Plötzlich nahm Berta die Pfanne vom Herd und stellte sie beiseite, was mich aus meinen Gedanken schreckte. Dann kam sie zu uns an den Tisch. »Mary-Anne, kannst du mich bitte

mit Alexandra alleine lassen?« Während sie das Wort an meine Freundin richtete, blickte sie mich eindringlich an. Ich bekam ein mulmiges Gefühl.
»Ja, sicher, Berta.« Mary-Anne sprang vom Stuhl und lief aus der Küche. Nicht ohne mich vorher noch mitleidig anzusehen.
Mein Herz schlug mir bis zum Hals, während ich Berta dabei zusah, wie sie mir gegenüber Platz nahm.
»Alexandra, als Erstes«, sie hob ihre Augenbrauen, »brauchst du mich nicht so ängstlich anzusehen. Ich freue mich für dich und Clint.«
Meine Erleichterung musste offensichtlich gewesen sein, denn Berta lachte los.
»Ich wollte dir nur sagen, dass Clint zwar ein etwas mürrischer und manchmal ungehobelter Kerl ist, aber wenn er sich einmal verliebt, dann für immer. Oder eben so lange, bis dass der Tod euch scheidet. Verstehst du?«
Ich nickte nur, denn ich hatte einen Kloß im Hals. Berta gab uns sozusagen ihren Segen, wofür ich ihr sehr verbunden war.
»Nur«, begann sie abermals, »bitte tue ihm

nicht weh, denn er hat schon genug gelitten.«
»Ich würde ihm nie absichtlich wehtun, Berta.«
»Na, dann ist gut«, meinte sie und erhob sich vom Stuhl.
Während sie wieder zum Herd lief, dachte ich darüber nach, wie ich Ramón schonend beibringen könnte, dass ich kein Interesse an ihm hatte. Das würde nicht einfach werden, überlegte ich mit einem unterdrückten Stöhnen und stand ebenfalls auf.

Kapitel 27

Ich stand pünktlich um neunzehn Uhr vor dem Haupthaus. Weil ich den Abend schnell hinter mich bringen wollte, hatte ich lediglich ein einfaches, dunkelblaues Kleid angezogen. Ich wollte Ramón schließlich nicht unbedingt gefallen.

In diesem Moment fuhr eine Limousine vor. Jordano, ein Angestellter von Ramón, den ich von der Galaveranstaltung kannte, stieg aus und öffnete mir die Tür. »Guten Abend, Señorita.«

»Guten Abend, Jordano«, erwiderte ich den Gruß und stieg ein.

Ich war extrem nervös, denn ich hatte noch nie einen Mann abweisen müssen. Die gesamte Fahrt zur Villa über versuchte ich, mir die Worte zurechtzulegen, die ich Ramón mitteilen wollte. Doch alles, was ich mir überlegte, klang unbeholfen. Am liebsten hätte ich den gesamten Abend schon hinter mir und wäre wieder in Clints Armen.

Clint, dachte ich sehnsüchtig und mit einem frustrierten Stöhnen. Er war bestimmt noch sauer auf mich, aber ich hoffte, ihn später beschwichtigen zu können. In mir kam auch ein Gedanke auf, wie ich ihn verwöhnen könnte, und ich musste grinsen.

Sobald wir die Villa erreichten, stieg ich aus und lief die breite Treppe hinauf. Ramón erwartete mich mit einem Lächeln, was mir Gewissensbisse verursachte.

Wann sollte ich es ihm sagen? Ich konnte schlecht sofort mit der Tür ins Haus fallen.

»Alexandra, meine Liebe, ich bin erfreut, dich zu sehen.«

Mit einem angestrengten Lächeln ließ ich mich von Ramón auf die Wange küssen. »Ich freue mich auch«, presste ich unbehaglich hervor und ließ mich ins Innere geleiten.

Kaum dass wir einen kleinen Salon betraten, riss ich erstaunt meine Augen auf. Ramón hatte sich sichtlich Mühe gegeben, um mich zu beeindrucken.

Der gesamte Raum wurde von Kerzenlicht beleuchtet. Überall waren Kronleuchter mit roten

Kerzen aufgestellt worden. Ein perfekt gedeckter Tisch wartete darauf, dass wir vorzüglich speisten.
Doch die Krönung des Ganzen waren die Rosenblätter, die auf dem Boden verstreut waren. Die gesamte Kulisse erinnerte an einen romantischen Kinofilm. Ich musste trocken schlucken. Er machte es mir nicht einfach. Und Schuldgefühle bekam ich auch noch.
Verdammt, Alexandra, du musst es ihm jetzt sagen!
Kaum aber öffnete ich meinen Mund, erschien ein Mann durch eine Seitentür, eine Violine in den Händen. Sofort begann er, eine Melodie zu spielen, und erstaunt presste ich meine Lippen wieder aufeinander. Ich war total überfordert und wusste nicht, wie ich reagieren sollte. Ramón griff nach meiner Hand und geleitete mich zum Tisch. Wie in Trance ließ ich mich führen und setzte mich hin.
Sobald die Darbietung beendet war, verbeugte sich der Violinist. Ramón und ich klatschten Beifall, während der Mann zur Nebentür lief und verschwand.
Gleich darauf erschien ein livrierter

Bediensteter und brachte uns die Vorspeise. Das ging hier ja Schlag auf Schlag, waren meine Gedanken, als ich auf den Teller hinunterblickte. Darauf befand sich ein kleiner Salat, gekrönt mit Gambas. Ich bedankte mich bei dem Bediensteten, der nun ebenfalls das Zimmer verließ.

Ramón goss uns beiden Weißwein in die kristallenen Gläser und erhob lächelnd sein eigenes. »Auf einen schönen Abend.«

Ich erhob ebenfalls mein Glas. »Ja, auf einen schönen Abend unter Freunden.«

Er schien überrascht über meine Wortwahl und hob die Augenbrauen.

»Ramón«, begann ich nervös, »ich fühle mich sehr geehrt, dass du mir einen wundervollen Abend bescheren möchtest, aber …«

»Für dich und das Waisenhaus will ich nur das Beste«, unterbrach er mich.

»Ähm, ja, ich danke dir für die großzügige Spende.«

Er hob wegwerfend die Hand. »Nicht der Rede wert.«

»Nur würde ich dir gerne etwas sagen …«

»Die Spende hat überhaupt nichts mit meinen Gefühlen dir gegenüber zu tun, Alexandra«, unterbrach er mich abermals.
»Das hatte ich auch nicht angenommen, aber du musst wissen, dass …«
»Verzeihung«, unterbrach uns nun Jordano, den ich überhaupt nicht hatte hereinkommen hören. Ramón blickte seinen Angestellten streng an. Er schien genauso verärgert über die Störung.
Jordano räusperte sich lautstark. »Ich bedaure sehr, Sie zu stören, Ramón, aber ein dringender Anruf erwartet Sie.« Damit hielt er seinem Chef ein schnurloses Telefon hin. Ramón schaute mich entschuldigend an. »Bitte verzeih, meine Liebe.«
»Kein Problem, Ramón. Du entschuldigst mich bitte ebenfalls einen Moment, denn ich möchte mich gerne ein wenig frisch machen.«
Meine Nervosität wuchs. Wenn ich von der Toilette kam, so nahm ich mir vor, würde ich ihm klipp und klar sagen, dass es mit uns beiden nichts werden konnte, und mich wieder nach Hause bringen lassen.

Ramón nickte mir zu und legte das Telefon ans Ohr. Seine glänzenden Augen jedoch sahen mich an, als hätte ich ihm gerade mitgeteilt, dass ich ein Negligé anziehen wollte.
Mist, ich hätte mich anders ausdrücken sollen.
Ich stand hastig auf und trat die Flucht an.
Im Flur lief ich auf eine Tür zu, die ins Bad führte, wie ich von meinem letzten Besuch wusste. Dort angekommen, schloss ich hinter mir ab und blickte in den Spiegel über dem Waschbecken. Ich verfluchte mich selbst. Clint hatte recht gehabt, ich hätte Ramón anrufen sollen. Stattdessen versteckte ich mich hier im Bad und wusste nicht weiter.
So, Alexandra, versuchte ich, mir selbst Mut zu machen, *jetzt gehst du zu ihm und sagst ihm, dass es zwischen euch nichts wird.*
Mit neu erwachter Entschlossenheit nickte ich mir selbst zu und machte ich mich auf den Rückweg.

Kapitel 28

Kaum erreichte ich die Türschwelle des Salons, erblickte ich Ramón und Jordano, die am Fester standen und sich auf Spanisch unterhielten. Verdammt, ich wollte endlich mit Ramón reden, um so schnell wie möglich wieder zurück zu Clint zu kommen und ihm zu sagen, dass er recht gehabt hatte.

»Das Kokain ist bereits im Containerschiff, Señor«, sagte Jordano gerade zu Ramón und verscheuchte meine Gedanken an Clint. »Auch wenn wir noch zwei Tage auf die Lieferung des Heroins warten müssen, so können wir es noch rechtzeitig schaffen. Mister Jokono wird etwas verärgert sein, aber vielleicht können wir ihm ein Geschenk machen.«

Kokain? Heroin? Über was redete Jordano bloß? Handelte Ramón etwa mit Drogen? Das konnte doch nicht sein, oder?

»An was für ein Geschenk genau hattest du gedacht, Jordano?«, fragte ihn Ramón.

Jordano setzte gerade zu einer Antwort an, als er mich an der Tür bemerkte. Mit weit aufgerissen Augen starrte er zu mir herüber. Dann blickte er panisch seinen Boss an, der mich ebenfalls gesehen hatte.

Als ich das böse Funkeln in Ramóns Augen erkannte, lief es mir eiskalt den Rücken hinunter. Ich hatte keine Gelegenheit, zu reagieren, da Ramón mit wenigen Schritten bei mir war und mich grob am Arm packte. Gleichzeitig drückte er seine andere Hand schmerzhaft gegen meine Kehle. »Es tut mir leid, dass du das mitanhören musstest, aber du wirst verstehen, dass ich dich nun nicht mehr gehen lassen kann.«

Warum war mir nie aufgefallen, dass hinter seiner freundlichen Fassade etwas Böses lauerte?

Vor Angst hätte ich mir fast in die Hose gemacht. »Man wird nach mir suchen. Alle im Waisenhaus wissen, dass ich hier bin«, krächzte ich angestrengt, da er mir die Luft abschnürte.

Sobald er mich wieder losgelassen hatte, nahm

ich einen heftigen Atemzug, der mich zum Husten brachte.
Ramón sah mich gönnerhaft an. »Oh, keine Angst, ich werde ihnen erzählen, dass du alleine zurückfahren wolltest. Und weil wir in einem gefährlichen Land leben, kann dir unterwegs etwas passiert sein.«
»Das glaubt dir kein Mensch.«
Die Ohrfeige hatte ich nicht kommen sehen. Mein Kopf flog schmerzhaft zur Seite, während meine Wange wie Feuer brannte.
Erst in diesem Moment wurde mir das Ausmaß meiner Situation bewusst und mir wurde übel.
Warum nur habe ich nicht auf dich gehört, Clint?
Ramón stieß mich grob in Jordanos Richtung. »Bring sie in eines der oberen Gästezimmer.« Mit einer gebieterischen Kopfbewegung gab Ramón ihm zu verstehen, mich hinauszuschaffen.
Schmerzhaft bohrten sich Jordanos Hände in meine Oberarme. Während er mich aus dem Zimmer zerrte, begann ich, mich zu wehren und wollte mich losmachen, aber Jordano

lachte nur über meine Versuche.
Ramón bedachte mich lediglich mit einem mitleidigen Blick.
»Ramón, bitte, das kannst du doch nicht machen!« Ich war außer mir. Was hatte er mit mir vor?
»Nun, Alexandra«, begann Ramón. »Wenn du bei mir bleibst, und ich meine damit als meine Geliebte, dann könnte ich dich verschonen. Dann werde ich dich nicht nach Asien verschiffen lassen. Es liegt ganz bei dir, meine Liebe.«
»Was? Asien?!«, rief ich aus. Ich verstand die Welt nicht mehr.
»Nun, da gibt es einen reichen Kerl, der sich über ein Geschenk von mir sehr freuen würde.« Er grinste süffisant. »Andererseits kannst du auch hier bei mir bleiben.«
Er war definitiv verrückt.
»Du willst mich zu deiner Hure machen, oder wie? Das kannst du vergessen!«, spie ich aus.
Er antwortete mir nicht mehr und drehte mir sogar den Rücken zu.
Ich schrie und wehrte mich die ganze Zeit, während ich von Jordano in den Flur gezogen

wurde. Als ich mich weigerte, die breite Treppe hinaufzusteigen, warf mich Jordano kurzerhand wie einen nassen Sack über seine Schulter.

Während ich noch zappelte und fluchte, öffnete er eine Tür. Dann setzte er mich ab, doch bevor ich reagieren konnte, hatte er mir bereits einen heftigen Stoß verpasst, sodass ich in den Raum hineinflog. Schmerzhaft schlug ich auf dem Fliesenboden auf.

Das Letzte, was ich sah, bevor sich die Tür schloss, war Jordanos böses Grinsen. Dann hörte ich, wie der Schlüssel herumgedreht wurde, und in der darauffolgenden Stille nur noch meinen eigenen keuchenden Atem.

Oh, mein Gott, das passierte gerade nicht wirklich! Ramón konnte mich auf keinen Fall hier gefangenhalten.

Clint würde nach mir suchen, oder nicht? Obwohl, da er bestimmt noch sauer auf mich war, konnte es lange dauern, bis er mich vermissen würde. Schlimmstenfalls würde er glauben, ich hätte etwas mit Ramón angefangen. Dass ich nicht zu ihm zurückkehren wollte. Oh Gott,

was sollte ich nur tun?
Meine Knie schmerzten von dem Aufprall, als ich aufstand und zum Fenster lief. Sobald ich es geöffnet hatte und die milde Nachtluft hereinströmte, erkannte ich, dass ich das als Fluchtweg vergessen konnte. Ich befand mich im zweiten Stock und würde mir den Hals brechen, wenn ich aus dem Fenster sprang.
Verzweifelt begann ich zu weinen und schmiss mich aufs Bett.

Kapitel 29

Als ich am nächsten Morgen wach wurde, prasselten die Ereignisse mit Wucht auf mich ein. Noch während ich mich aufsetzte, schaute ich mich im Zimmer um. In der gestrigen Nacht hatte ich keinen Blick dafür gehabt.

Rechts neben dem Bett, auf dem ich saß, befand sich eine offen stehende Tür, die ins Bad führte. Links stand ein Schreibtisch neben dem Fenster mit Sitzbank, daran grenzte ein Kleiderschrank. Geradeaus gab es nur die geschlossene Zimmertür.

Der Raum war geschmackvoll eingerichtet, in Beige- und Rosé-Tönen, trotzdem wollte ich nur weg von hier. Ich stand auf und lief ins Bad. Nachdem ich mich etwas frisch gemacht hatte, trat ich wieder ins Zimmer und setzte mich aufs Bett. Es musste doch eine Möglichkeit geben, Ramón von seinem Vorhaben abzubringen. Ich würde ihm hoch und heilig versprechen, keinem Menschen davon zu erzählen, was ich gehört hatte.

Doch ich wusste, dass ihm das Risiko zu groß wäre.

Bedrückt stand ich auf und setzte mich auf die Sitzbank am Fenster. Der weitläufige Park hinter dem Anwesen war wunderschön anzusehen, nur schade, dass dieser atemberaubende Ort durch böse Menschen vergiftet war.

Plötzlich erblickte ich eine kleine Gestalt, die heimlich um das Gelände schlich. War das etwa Pepe? Das konnte doch nicht sein. Was hatte er hier zu suchen?

Ich konnte beobachten, wie er lächelnd neben einem Baum stand und das Bauwerk betrachtete. Anscheinend war er dermaßen fasziniert von Ramóns Schilderungen der Villa gewesen, dass er sie mit eigenen Augen hatte sehen wollen.

Das war meine Gelegenheit, Clint eine Nachricht zukommen zu lassen! Ich schöpfte wieder neuen Mut, als ich das Fenster öffnete.

»Pepe!«, rief ich hinunter. »Geh sofort wieder ins Heim und sag Clint, dass er hierher kommen soll.«

Verständnislos blickte der Junge mich an.

»Señorita, was machen Sie hier?«
»Wir haben nicht viel Zeit, Pepe. Bitte lauf so schnell wie möglich wieder zurück und sag Clint Bescheid.«
Anscheinend hatte er an meinen eindringlichen Worten gemerkt, dass es wichtig war. »Ja, Señorita Alexandra, ich mache mich sofort auf den Weg«, beeilte er sich zu erwidern.
Erleichtert konnte ich beobachten, wie er über eine Hecke sprang. Nun würde alles wieder gut werden, da war ich mir ganz sicher. Sobald Clint hier erschien, konnte Ramón nicht mehr so tun, als wäre er der ach so tolle Gönner.
Ich sah Pepe dabei zu, wie er auf einen Baum kletterte, um über die Gartenmauer zu gelangen. Insgeheim hatte ich Angst, dass er sich das Genick brechen könnte, aber er war wendig wie ein Wiesel.
Doch mit einem Mal erblickte ich ein paar Meter weiter Jordano und keuchte erschrocken auf. Er war auf den Jungen aufmerksam geworden, wahrscheinlich, weil er uns gehört hatte. Er rannte zum Baum und begann, ebenfalls hinaufzusteigen.

Oh Gott, bitte, Pepe, beeile dich!

Ich stieß einen Schrei aus, als Jordano den Jungen an den Füßen zu fassen bekam, sodass beide hinunterfielen.

Sobald Jordano wieder auf den Beinen war, schlug er mit vor Wut verzerrtem Gesicht auf Pepe ein. Ich konnte sein Weinen bis hinauf in den zweiten Stock hören.

»Jordano, hör auf!«, brüllte ich.

Mit einem hasserfüllten Blick schaute er zu mir hoch und packte den Jungen am Nacken. Während er Pepe vor sich her stieß, verschwanden sie aus meinem Blickfeld.

Kurze Zeit später ging krachend die Tür auf und Pepe wurde ins Zimmer geschmissen. Ich rannte sofort zu dem Jungen und schluchzte auf, als ich ihn in die Arme nahm. Donnernd fiel die Tür wieder ins Schloss und der Schlüssel wurde von außen umgedreht.

Nun war alles aus. Während wir beide uns weinend aneinander klammerten, wurde mir unsere ausweglose Situation bewusst.

»Señorita, ich habe es wirklich versucht, aber …«

Mein Herz schmerzte, als Pepe vom Weinen

geschüttelt nicht mehr weitersprechen konnte.
»Scht, mein Kleiner, alles gut. Ich weiß, dass du es versucht hast.«
Mich überrollten die Gewissensbisse, denn ich war schuld an der Lage, in der wir uns befanden. Der kleine Pepe hatte noch sein ganzes Leben vor sich und ich hatte ihn mit hineingezogen.
Ich war nie ein gläubiger Mensch gewesen, aber in diesem Moment flehte ich Gott um Hilfe an. Nicht für mich, sondern für einen Jungen, der es verdient hatte, glücklich aufzuwachsen.

Kapitel 30

Als sich am späten Nachmittag die Tür öffnete, zuckte ich zusammen. Pepe, der in meinen Armen eingeschlafen war, bemerkte es und blickte mich mit Furcht in den Augen an. Es tat mir im Herzen weh, dass er Ängste ausstehen musste. Er war doch nur ein kleiner Junge.

Jordano kam mit einem roten Seidenkleid im Arm ins Zimmer. »Zieh das an. Ich hole dich in einer halben Stunde wieder ab. Ramón wartet nicht gerne, also beeil dich.« Das boshafte Glitzern in Jordanos Augen machte mir Angst, trotzdem musste ich wissen, was mit Pepe geschehen würde.

»Was ist mit dem Jungen? Ihr könnt ihn doch nicht hierbehalten. Das Waisenhaus wird nach ihm suchen.«

»Das musst du mit Ramón klären.« Er zuckte mit den Schultern, so als wäre ihm Pepes Schicksal völlig egal. Das machte mich wütend, aber noch bevor ich etwas dazu sagen konnte, verließ Jordano wieder das Zimmer.

Eine halbe Stunde später hatte ich das ziemlich offenherzige Kleid angezogen und wartete angespannt, dass Jordano mich abholen kam. Als sich die Tür öffnete, zuckte ich zusammen. Mit einem lüsternen Lächeln betrachtete Jordano mich, was mir Übelkeit verursachte.

Kommentarlos lief ich hoch erhobenen Hauptes an ihm vorbei in den Flur hinaus.

Im ersten Moment war Jordano anscheinend zu perplex wegen meines Benehmens. Doch er fasste sich schnell wieder und griff grob nach meinem Oberarm. »Du kannst es wohl nicht erwarten, zu deinem Liebhaber zu kommen«, stieß er abfällig aus.

Ich gab nur ein Schnauben von mir.

Jordano brachte mich erneut in den kleinen Salon, in dem ich gestern Abend mit Ramón gesessen hatte. In den Raum, wo alles begonnen hatte.

Wäre ich doch bloß ein paar Minuten später aus dem Bad gekommen, dann hätte ich das mit den Drogen nie erfahren.

Sobald ich an den Tisch geführt wurde, erhob

sich Ramón vom Stuhl. »Ich grüße dich, meine Schöne. Das Kleid steht dir ausgezeichnet.«

»Es sieht nuttig aus«, sagte ich bissig.

Seine zusammengekniffenen Augen sagten mir, dass es ihn ärgerte, weil ich sein Geschenk nicht würdigte.

Ich setzte mich an den Tisch und zuckte innerlich mit den Schultern. Es war mir egal, was er von mir hielt. Ich selbst hielt noch weniger von ihm.

»Wein?«, fragte er, goss mir aber ein, ohne meine Antwort abzuwarten. Dann prostete er mir zu, doch ich hob mein Glas und trank es in einem Zug aus.

Nachdem ich es wieder auf den Tisch gestellt hatte, blickte ich ihn mit Abscheu an. »Was soll das ganze Getue hier?«

Ich machte eine Bewegung mit der Hand, um auf den Raum und sein Benehmen mir gegenüber anzuspielen.

»Ich wollte dir nur zu verstehen geben, dass du all das hier haben könntest, wenn du dich nur ein wenig netter mir gegenüber verhalten würdest.«

Ich blickte ihn angewidert an. »Das glaubst du doch selbst nicht. Ich wäre für immer deine Gefangene.«

»Und dennoch musst du doch selbst erkennen, was für ein schönes Leben du gemeinsam mit mir hier führen könntest.«

»Ich verzichte.« Außerdem wollte ich nicht über mich reden, sondern wissen, was mit Pepe geschehen würde. »Was hast du mit dem Jungen vor?«

»Das hat dich nicht zu interessieren. Ich finde schon eine Möglichkeit, ihn verschwinden zu lassen.« Sein diabolisches Grinsen machte mir Angst.

Dann kam mir ein Gedanke. »Meine Familie ist sehr reich.«

Er setzte eine überraschte Miene auf. »Und was soll ich mit dieser Information anfangen?«

»Wenn du uns für viel Geld gehen und das Waisenhaus in Ruhe lässt, dann wird nie jemand etwas von alldem hier erfahren und ich werde wieder in London bei meiner Familie sein, gemeinsam mit Pepe.«

»Wie viel Geld?« Ramón witterte ein lukratives

Geschäft. Ich konnte es am Glitzern seiner Augen sehen. Jetzt hatte ich ihn.

Aber dann begann er plötzlich zu lachen und jegliche Hoffnung erstarb in mir. »Vergiss, es«, sagte er abfällig. »Ich habe selbst genug Geld.«

»Ich flehe dich an, bitte lass uns gehen. Ich verspreche dir, dass wir keinem davon erzählen werden.«

»Das kann ich nicht und das weißt du. Deine Familie wird Fragen stellen und du bist so bekannt in London, dass es mit Sicherheit bis zum Waisenhaus vordringen wird. Außerdem«, er trank genüsslich noch einen Schluck Wein, »ist dir ebenso klar, dass nur du allein daran schuld bist, dass der Junge hier ist. Ohne dich wäre er glücklich und zufrieden in seinem kleinen Kinderheim.«

Mir traten Tränen in die Augen, denn Ramón hatte recht. Ich und nur ich allein war schuld an allem.

Meine Selbstvorwürfe brachten mich zur Verzweiflung.

Kapitel 31

Am nächsten Morgen weckte mich Jordano, indem er mit seinem Finger gegen meine Schulter stieß. Er gab mir mit einer Bewegung seines Kopfes zu verstehen, dass ich mitkommen sollte.

War es jetzt so weit? Sollte ich in das Containerschiff gebracht werden? Aber dann würde Pepe sicherlich auch mitkommen, oder nicht?

Ganz vorsichtig, um den Jungen nicht zu wecken, stieg ich aus dem Bett.

Jordano zerrte mich in den Flur, als in diesem Moment Ramón aus einem Zimmer herauskam und uns entgegenlief. Er schien aufgebracht zu sein. Was war geschehen?

Mit einer herrischen Kopfbewegung schickte er Jordano weg und griff mir schmerzhaft in den Nacken. Sein heißer Atem an meinem Ohr verursachte mir Gänsehaut. »Du lässt dich von Clint ficken, du Hure? Ich hätte etwas Besseres von dir erwartet. Aber du gehörst ihm nicht. Ich werde dir schon zeigen, zu wem du

gehörst.«
Woher wusste Ramón, dass ich mit Clint geschlafen hatte?
Das beantwortete er mir ungefragt. »Als du so schön geschlummert hast, war dein Lover hier und hat nach dir gefragt. Ich konnte eins und eins zusammenzählen, ich bin ja nicht blöd. Erst lässt du dich von ihm flachlegen und anschließend kommst du zu einer Verabredung mit mir?« Er war dermaßen außer sich, dass seine Augen Blitze auszustoßen schienen.
Ramón zerrte mich aus dem Haus. Meine Gedanken überschlugen sich, denn ich hatte Angst, dass er auch Clint etwas antun könnte. Ich schluchzte auf.
Oh, Gott, Clint! Bitte, komm zurück und rette uns!
»Hör auf zu heulen!«
Ramón zerrte mich immer weiter, hinaus aus der Villa. Ich war verängstigt und verwirrt. Wohin wollte er mich bringen?
Ein paar Meter weiter befanden sich die Ställe sowie einige Nebengebäude. Er zog mich zu dem ersten Haus. Was hatte er vor?
Ramón stieß mit dem Fuß die Tür auf, und

sobald wir einen dunklen Raum betraten, erblickte ich zwei Arbeiter, die uns verwundert anguckten. Ramón schubste mich zu ihnen hinüber und befahl den beiden, mich festzuhalten. Grob wurde ich an den Oberarmen gepackt. Ich stand keuchend zwischen den zwei Männern und konnte mir keinen Reim aus dem Ganzen machen.

Erst als Ramón zu einer Feuerstelle lief und nach dem Brandeisen griff, begann in mir ein Verdacht hochzukommen. Er würde doch nicht …?

»Ich habe es auf die nette Tour versucht, Alexandra, aber du wolltest ja nicht hören. Vielleicht ändert dies nun deine Meinung.« Er hielt mit einem bösen Grinsen das Eisen in die Höhe, bevor er sich hinunterbeugte, um es in die Glut zu legen.

Panisch versuchte ich mich loszumachen, aber die Männer waren einfach viel zu stark für mich. Zudem rochen sie streng nach Schweiß, was mir Übelkeit verursachte.

Als Ramón mit dem glühenden Brandeisen auf mich zukam, schrie ich panisch los. »Nein!

Ramón, bitte, das ist doch Wahnsinn!«
Beide Männer begannen zu lachen, wobei der eine hinter mich trat und mir seinen Arm um den Hals legte. Ich bekam kaum noch Luft, während ich zappelnd versuchte, den näher kommenden Ramón durch Tritte auf Abstand zu halten.
»Legt sie auf den Rücken«, befahl Ramón. Seine Augen glänzten diabolisch, während ich rücklings zu Boden geworfen und an den Armen festgehalten wurde. Der andere Arbeiter packte mich an den Knöcheln und hielt meine Beine fest. Ramón trat auf meine rechte Seite, mit dem Brandeisen in der einen Hand, und schob mit der anderen mein Kleid hoch. Der Mann, der meine Beine festhielt, gierte zu meiner Mitte und leckte sich lüstern über seine wulstigen Lippen.
Ich war außer mir vor Ekel und Angst, während ich panisch schrie und zappelte.
Der unsagbare Schmerz, als ich die brennende Hitze an meinem Oberschenkel spürte und gleichzeitig ein Zischen hörte, ließ mich aus Leibeskräften kreischen. Während das

glühende Metall meine Haut versenkte, roch ich das verbrannte Fleisch. Ich war der Ohnmacht nahe, als der Schmerz vom Oberschenkel durch meinen gesamten Körper fuhr.

»Jetzt weißt du, zu wem du gehörst!«, konnte ich, wie durch einen Nebel, das Brüllen von Ramón hören.

Das war der Moment, als ich die Besinnung verlor.

Kapitel 32

Ich wusste nicht, wie lange ich bewusstlos gewesen war, doch als ich zu mir kam, lag ich in einem mir fremden Bett, wobei meine Arme und Beine mit Seilen an die Pfosten gebunden waren.

Ich spürte den dumpfen Schmerz an meinem Oberschenkel und sah, dass die Wunde verbunden worden war. Zudem war ich unbekleidet. Das war auch der Moment, in dem ich Ramón erblickte. Er stand ebenfalls nackt neben dem Bett und schaute zu mir hinunter.

Ramón hatte es nicht nötig, sich eine Frau gewaltsam zu nehmen, waren meine unsinnigen Gedanken, als ich seinen Körper betrachtete. Er war groß und muskulös und auf eine diabolische Art attraktiv.

»Na endlich bist du wach. Ich habe keine Lust, mit einer Frau zu schlafen, die meine Zärtlichkeiten nicht zu würdigen weiß.«

Zärtlichkeiten? Er hatte definitiv den Verstand verloren! Da stand er mit einem Lächeln vor mir und tat so, als wäre es völlig natürlich, dass ich gebrandmarkt und wehrlos gefesselt vor ihm lag.

Ich drehte meinen Kopf zur Seite, um ihn nicht ansehen zu müssen. Mein Blick fiel auf den dunkelgrauen Vorhang am Fenster. Ich versuchte, mich darauf zu konzentrieren, um nicht daran zu denken, was offensichtlich auf mich zukommen würde. Ich hegte keinerlei Illusionen darüber, dass er mich gewaltsam nehmen würde.

Sollte er doch mit mir machen, was er wollte, es kümmerte mich nicht mehr. Ich kniff meine Lider zusammen und versuchte, mich gedanklich an einen schönen Ort zu versetzen. Hinter meinen Augen erschien der Strand, genauso auch die beruhigenden Geräusche der Wellen des Meeres. Dort wollte ich mich mental befinden.

Als Ramón sich neben mich setzte, zuckte ich dennoch zusammen. Er begann, mein Gesicht zu streicheln. Sanft fuhr er mit den Fingern die Konturen meiner Wange nach, bis zu meinem Hals hinab.

Ich versuchte mich wegzudrücken, und als ich ihn lachen hörte, hob ich meine Lider und blickte ich ihn mit all dem Hass an, den ich aufbringen konnte. Kein Wort würde über meine Lippen kommen, denn diese Genugtuung wollte ich ihm nicht gönnen. Als er beide Hände auf meine Brüste legte und sie sanft massierte, entschlüpfte mir dennoch ein hilfloses Wimmern. Es widerte mich extrem an, von ihm berührt zu werden.

Noch schlimmer war für mich, dass er sich nicht grob das nahm, was er wollte, sondern zärtlich über meinen Körper fuhr. Als seine Finger hinunter wanderten, über meinen Bauch streichelten und dann zwischen meine Schamlippen schlüpften, begann ich zu weinen.

»Alexandra«, flüsterte er. »Du wirst meine Liebkosungen genießen. Glaube mir, meine Prinzessin.«

Als er *Prinzessin* zu mir sagte, konnte ich mein Schluchzen nicht mehr zurückhalten.

Nur Clint hatte das Recht, mich so zu nennen!

»Niemals!«, zischte ich mit Abscheu in der

Stimme.
Seine Laune kippte augenblicklich. Hatte er mich zuvor noch lächelnd angesehen, so wurde sein Gesicht nun zu einer starren Maske. Selbst seine Augen glänzten irre. Ich fühlte, dass er jetzt vollends die Beherrschung verlor, als er sich mit einem Aufbrüllen auf mich warf und seine Hand schmerzhaft gegen meinen Hals drückte. »Das wird dir noch leidtun, du Hure!«
Ich spürte, wie mir die Luft abgedrückt wurde, und senkte kapitulierend meine Lider. Ich würde sterben, und falls mich Ramón nicht umbringen sollte, so würde ich mir wünschen, dass er es täte.
Ganz tief in meinem Innern verschloss ich mich. Blendete die Schläge und die Pein, die mir angetan wurden, aus. Ich löste meinen Geist von meinem Körper und sehnte mich danach, endlich zu sterben.

Kapitel 33

Das nächste Mal kam ich zu mir, als ich eine junge Stimme neben mir hörte. Meine Augen waren zugeschwollen, sodass ich kaum etwas erkennen konnte. Ich lag auf einem weichen Untergrund und war nicht mehr gefesselt.
»Señorita, geht es Ihnen nicht gut? Sind Sie krank?«, erkannte ich die Stimme von Pepe.
Offensichtlich war ich in das Zimmer gebracht worden, in dem sich auch der Junge befand. Ich schluchzte auf, während Pepe sich neben mich aufs Bett setzte.
»Alles wird wieder gut, Señorita. Bald sind Sie wieder gesund.«
Mir liefen von den ganzen Schmerzen die Tränen unaufhörlich die Wangen hinab. Ich wollte nur noch sterben. Das Einzige, was mich aufrecht hielt, war der Gedanke daran, dass ich Pepe hier irgendwie hinausschaffen musste. Wenigstens er sollte eine Zukunft haben.
Aber wie sollte ich das bewerkstelligen? Ich war nicht einmal dazu in der Lage, mich

aufzurichten.

Ich musste eingeschlafen sein, denn ich schrak hoch, als ich ein polterndes Geräusch hörte. Pepe stand an der verschlossenen Tür und lauschte, während ich versuchte, mich vorsichtig aufzusetzen. Mein Blick fiel auf das Nachthemd, welches mir übergestreift worden war. Es bestand aus weißer Baumwolle mit Rüschen am Saum. Ich verzog angewidert das Gesicht. Was sollte diese jungfräuliche Kleidung? Es war wie Hohn nach allem, was ich hatte erdulden müssen.

Nachdem ich es endlich geschafft hatte, mich aufzurichten – mein Körper war eine einzige Masse aus Schmerz –, blickte ich zu dem Jungen. »Pepe, bitte geh von der Tür weg«, krächzte ich erschöpft, während ich mich ans Kopfende des Bettes lehnte.

Sofort war er an meiner Seite und setzte sich zu mir. »Señorita, was passiert da draußen?«

Seine Stimme klang ängstlich, was mich traurig stimmte. Kein Elfjähriger sollte so etwas miterleben müssen.

Ich zuckte die Schultern und streichelte sanft über seinen Rücken. »Ich weiß es nicht, mein Schatz.«

Mein Geist war noch benommen, aber ich vermutete, dass wir angegriffen wurden, denn ich konnte eindeutig Kampfgeräusche ausmachen.

Konnte es sein, dass Clint zu unserer Rettung gekommen war?

Wenn ja, dann war es für mich leider zu spät. Aber für Pepe wäre ich sehr glücklich, wenn er endlich wieder im Kinderheim wäre.

Plötzlich hörte ich einen markerschütternden Schrei. Keine Sekunde später wurde die Tür mit einem Krachen aufgebrochen und schlug gegen die Wand.

Clint erschien wie ein Racheengel im Zimmer und blickte sich suchend um. Pepe sprang freudig vom Bett. »Señor Clint!«

Während ich beobachtete, wie Paolo mit vor Wut verzerrtem Gesicht und Blut an der Kleidung ebenfalls den Raum betrat, rannte Clint zu mir.

»Alexandra!«, stöhnte er. Sein angsterfüllter

Blick brach mir das Herz, als ich auch schon seine Arme um mich spürte. »Jetzt wird alles wieder gut, mein Liebling«, hauchte er an meinem Ohr.

Nein, wollte ich schreien, niemals würde wieder etwas gut werden!

Aber ich hatte keine Kraft, zu widersprechen. Ich ließ mich von Clint hochheben und aus meinem Gefängnis bringen.

Kaum befanden wir uns draußen im Flur der Villa, konnte ich das ganze Ausmaß der Verwüstung erkennen. Überall lagen Verletzte oder auch Tote auf dem Boden. Genauso konnte ich Mary-Anne und Miguel ausmachen, die sich Kämpfe mit den Mitarbeitern von Ramón lieferten. Die gesamte Situation empfand ich als surreal. Ich hatte das Gefühl, von einem Albtraum in den nächsten geschlittert zu sein.

Plötzlich zuckte Clint zusammen. Als ich seinem Blick folgte, erkannte ich zu meinem Grauen Ramón, der mit vor Wut verzerrter Miene und einem blutverschmierten Messer vor uns stand. Ich betete, dass das Blut an der Stichwaffe nicht von jemandem stammte, den

ich kannte. Aber wem machte ich hier etwas vor? Ich war schuld, dass Menschen wegen mir gestorben waren, und an der ganzen, verdammten Situation sowieso.
Clint blickte mich an. »Kannst du stehen?«
Ich nickte, während er mich auf die Füße stellte.
»Clint, du Hurensohn, du wirst mir nicht nehmen, was mir gehört!«, brüllte Ramón mit irrem Blick.
»Alexandra hat dir nicht gehört und wird es niemals tun, das weißt du genau.«
Entgegen des aggressiven Verhaltens von Ramón erschien mir Clint die Ruhe selbst. Ich erkannte außerdem, wie bedrohlich, ja sogar angsteinflößend Clint wirken konnte.
Als Paolo mit dem kleinen Pepe im Arm zu uns trat, sprach Clint ihn an. »Paolo, bring die beiden hier weg. Das ist eine Sache zwischen mir und diesem Scheißkerl.« Clint hatte keinen Moment den Blick von Ramón genommen, während er gesprochen hatte.
»Nein!«, sagte ich bestimmt, als Paolo Anstalten machte, auf mich zuzukommen. »Ich

bleibe.«
»Alexandra«, begann Clint und blickte mich traurig an. »Bitte …«
Seine Unaufmerksamkeit nutzte Ramón aus, um sich mit einem Aufbrüllen auf ihn zu stürzen.
Ich stieß einen Schrei aus, während Clint den Hieb von Ramón mit der Hand parierte und ihm sofort einen Kinnhaken verpasste. Ramón taumelte und fuchtelte wild mit dem Messer herum. Ich spürte Paolo neben mir, der nach meinem Oberarm griff.
Ohne den Blick vom Kampfgeschehen zu nehmen, sprach ich ihn flüsternd an. »Geh mit Pepe hier raus. Mir geht es gut.«
Ich hörte nur ein Brummen von Paolo, aber er verstand, dass er mich nicht mit Gewalt rausschaffen konnte.
Währenddessen konnte ich beobachten, dass Clint mit einem Fußtritt das Messer von Ramón wegtrat. Es flog im hohen Bogen durch die Luft und landete auf dem Fliesenboden. Dann begannen die beiden Kontrahenten, mit den Fäusten aufeinander loszugehen.

Ich war fokussiert auf das Geschehen vor mir und blendete alles um mich herum aus. Wie in Zeitlupe beobachtete ich, wie Clint über Ramón aufragte und seine Fäuste immer und immer wieder in dessen Gesicht schmetterte, bis es nur noch eine blutige Masse war.

Ja, konnte ich nur denken, *töte dieses Schwein, Clint.*

Erst als ich die Stimme vom zurückgekehrten Paolo hörte, riss es mich aus meiner Trance.

»Clint, hör auf, du bringst ihn noch um!«

Während Paolo versuchte, ihn wegzuzerren, stieß Clint seinen Freund beiseite. »Das habe ich auch vor.«

Die Eiseskälte in Clints Stimme gab mir eine morbide Befriedigung.

Los, Clint, töte ihn endlich. Ich will, dass Ramón stirbt, für all das, was er mir angetan hat.

Ich hätte nie gedacht, dass es mir Genugtuung verschaffen würde, mitanzusehen, wie ein Mensch gewaltsam getötet wird. Aber dennoch musste ich mir eingestehen, dass ich es genoss, den Schmerz und die Pein in Ramóns Augen zu sehen, so lange, bis er sich nicht

mehr regte.
Was sagte das über mich aus? Hatte ich vollends den Verstand verloren?
Das war der Moment, als mir schwarz vor Augen wurde und ich zu schwanken begann. Sofort legte Mary-Anne ihren Arm um mich. »Komm, Alexandra, wir müssen hier verschwinden.«
Hatte sie etwa die ganze Zeit neben mir gestanden?
Das waren meine letzten Gedanken. Und bevor mich die Dunkelheit umfing, war es das sorgenvolle Gesicht von Clint, welches ich sah.

Kapitel 34

Jede Nacht wachte ich schreiend und schweißgebadet aus meinen Albträumen auf. Sobald ich kurz einschlief, erschien das grauenhaft verzerrte Gesicht von Ramón vor meinem inneren Auge.

Seit einer Woche befand ich mich im Krankenhaus. Außer dem Brandzeichen auf meinem Oberschenkel hatte ich zwei gebrochene Rippen sowie mehrere Prellungen und Schnittwunden erlitten. Doch die inneren, seelischen Verletzungen würden, wenn überhaupt, noch länger brauchen, um zu heilen.

Mit einem Seufzen dachte ich daran, dass jedes Mal, wenn Clint ins Zimmer gekommen war, ich mich schlafend gestellt hatte. Ich konnte noch nicht mit ihm sprechen. Viel zu sehr belasteten mich meine eigenen Schuldgefühle. Ohne mich wäre Clint nie zum Mörder geworden.

Nur mit Mary-Anne hatte ich geredet, obwohl reden zu viel gesagt war. Ich hatte mir ihre

Ausführungen angehört und fast kein Wort gesagt.
Clint hatte an dem besagten Morgen, als er zur Villa gekommen war, Ramón nicht ein Wort von dem geglaubt, was der Scheißkerl ihm erzählt hatte. Dass zudem auch Pepe verschwunden war, hatte Clint darin bestärkt, dass auch der Junge in Gefahr sein musste. Somit hatte er die Mitarbeiter des Waisenhauses gebeten, ihm zu helfen, das Anwesen zu stürmen.
Wie Mary-Anne mir außerdem mitgeteilt hatte, war die Villa von diesem Monster Ramón anschließend von der Polizei untersucht worden und es wurden viele belastende Dinge gegen einige hochangesehene Geschäftsleute gefunden. Die Zeitungen waren voll von den Berichten über die Verhaftungen. Clint wurde zum Glück nicht eingesperrt, weil jegliche Zeugen ausgesagt hatten, dass er in Notwehr gehandelt hatte. In meinem verwirrten Geist hatte ich geglaubt, dass ich auch Tote gesehen hatte, aber es waren zum Glück lediglich Verletzte gewesen. Diese Schuld musste ich zu meiner Erleichterung nicht auch noch

auf mich laden. Nur die von Ramóns Tod.

Ich blickte aus dem Fenster, hinaus in den strahlenden Sonnenschein, aber innerlich spürte ich nur Dunkelheit.

In den frühen Morgenstunden hatte ich eine Entscheidung getroffen. Ich würde nach London zurückkehren.

Als sich nach einem kurzen Klopfen die Tür öffnete, blickte ich geradewegs in das besorgte Gesicht von Clint. Er kam wortlos herein und nahm auf dem Stuhl Platz, der neben meinem Bett stand. Ich ertrug seinen traurigen Anblick nicht und schaute wieder aus dem Fenster.

Ohne ihn anzusehen, begann ich zu sprechen. »Clint, ich reise ab, sobald ich entlassen werde. Ich möchte, dass du verstehst, dass ich nach alldem, was geschehen ist, nicht mehr hierbleiben kann und will.«

Er stieß ein Seufzen aus. »Ramón hat mir keine andere Wahl gelassen, Alexandra. Ich hoffe, du kannst mir eines Tages verzeihen, dass ich einem Menschen das Leben genommen habe.«

Ungläubig blickte ich ihn an und schüttelte den Kopf. Glaubte er allen Ernstes, dass ich ihn verurteilte, weil er dieses Monster getötet hatte?

»Clint, du hast das Richtige getan. Ohne dich wäre ich jetzt bei irgendeinem reichen Kerl in Asien oder vielleicht auch schon tot.«

»Aber warum willst du dann gehen?«, fragte er mit brüchiger Stimme.

Ich hatte keine Möglichkeit, zu antworten, denn in diesem Moment kam Doktor Alfonso nach einem kurzen Klopfen herein.

Der Arzt lächelte mich traurig an. »Señorita, ich weiß, dass es nur ein kleiner Trost ist, aber Sie sind nicht schwanger.«

Erleichtert atmete ich auf. Wenigstens hatte mich diese Bestie nicht auch noch geschwängert. Das war meine größte Sorge gewesen, die ich dem Doktor gestern Abend mitgeteilt hatte.

Clint hingegen sprang vom Stuhl und keuchte auf. »Was? Er hat … er hat dich …?« Anscheinend konnte er nicht weitersprechen.

Der Doktor bemerkte erst in diesem Moment, dass er einen Fehler begangen hatte, und blickte mich entschuldigend an.

»Doktor Alfonso,« sprach ich ihn an. »Würden

Sie uns bitte einen Moment alleine lassen?«
»Ja, sicher.« Er nickte mir zu und konnte offenbar nicht schnell genug das Zimmer verlassen. Kaum war die Tür hinter ihm zugefallen, schaute ich zu Clint, der zu Boden starrte. »Clint?«
»Er hat dich vergewaltigt? Dieses Schwein hat Hand an dich gelegt? Warum hast du mir das verschwiegen?«
»Lass gut sein, Clint. Ich will nicht darüber reden und möchte, dass du jetzt gehst.«
»Nein!« Energisch schob er sein Kinn vor. »Ich werde nicht zulassen, dass du so einfach aus meinem Leben verschwindest. Ich liebe dich, Alexandra.«
Er konnte mir doch in solch einer Situation nicht seine Liebe gestehen!
Nun wurde ich wütend. Ich schlug heftig die Bettdecke von mir und hob mein Nachthemd hoch. Ohne innezuhalten, riss ich den Verband von meinem Oberschenkel. »Hier, siehst du das?«, schrie ich ihn an. »Ich bin beschädigt und kaputt und will nie wieder einen Mann in meiner Nähe haben! Verstehst du mich jetzt?«

Erschüttert blickte Clint auf das Brandzeichen. Die Haut war entzündet, aber man konnte genau die verschnörkelten Buchstaben R und S darauf erkennen.

Während Clint mich schockiert anschaute, liefen ihm Tränen über die Wangen. Mein Herz krampfte sich bei seinem Anblick zusammen.

»Alexandra«, flüsterte er. »Bitte, wir können es gemeinsam schaffen, wenn du mir nur eine Chance dazu gibst.«

»Nein! Bitte geh jetzt.« Meine Kräfte waren am Ende. Ich musste alleine sein.

Anscheinend begriff er endlich, dass ich mich nicht umstimmen lassen würde, denn seine Schultern sackten herab. »Leb wohl, Prinzessin.«

Kaum war die Tür hinter ihm zugefallen, schluchzte ich auf. Obwohl es furchtbar wehtat, Clint zu verletzen, so wusste ich, dass ich nie wieder mit einem Mann schlafen konnte. Nicht ohne die böse Fratze von Ramón vor meinem inneren Auge zu sehen.

Und das konnte ich Clint nicht antun. Auch wenn ich ihn noch so sehr liebte.

Kapitel 35

Ich stand am Fenster des Krankenzimmers und blickte hinaus in den Garten. Dieses wundervolle Land und die Menschen, die hier lebten, würden mir fehlen. Wie in einem Film liefen die letzten Wochen meines Lebens in meinem Geist ab.

Hope, die kleine Süße, die in meinem Herzen stets meine Tochter sein würde. Pepe, der kleine Rabauke mit den dunklen Kulleraugen. Ich hoffte sehr, dass er die schrecklichen Begebenheiten rasch überwinden würde.

Dennoch hatte ich mich entschieden: Ich musste hier weg. Zu viel war geschehen, als dass ich hierbleiben konnte. Ich brauchte ein wenig Zeit, um alles zu verarbeiten. Und das ging am besten zu Hause.

Nur warum fühlte es sich nicht so an, als würde ich in mein Zuhause zurückkehren?

Als sich nach einem kurzen Klopfen die Tür öffnete, erblickte ich Mary-Anne, die mich bedrückt anschaute. Sie kam mit einem meiner

Koffer in der Hand herein.
Ich hatte sie gestern Abend gebeten, all meine Kleidung zu spenden, lediglich einige Stücke zu behalten und mir heute mitzubringen. Unter anderem befand sich das smaragdgrüne Kleid, welches mir Clint geschenkt hatte, darunter.
Ein Kloß bildete sich beim Gedanken an diesen schönen Tag in meinem Hals.
Es kam mir vor, als wäre es eine Ewigkeit her. Wie aus einem anderen Leben. Trotzdem war alles noch sehr präsent. Ich konnte Clint immer noch vor mir sehen, als er mir bei Miguels Fischlokal gegenüber gesessen hatte. Oder später dann, als ich im Auto auf seinem Schoß gesessen hatte. Ich musste beim Gedanken daran wehmütig lächeln. Selbst seinen ganz speziellen Duft hatte ich noch in der Nase. Das bildete ich mir zumindest ein.
Ich sollte damit aufhören, diese Erinnerungen heraufzubeschwören, denn ansonsten würde ich wieder anfangen zu weinen.
»Ach, Alexandra, ich werde dich schrecklich vermissen«, riss Mary-Anne mich aus meinen

Überlegungen.
Tieftraurig nickte ich ihr zu. »Ich werde dich auch vermissen. Aber wir können uns schreiben, wenn du magst.«
Nachdem wir unsere Handynummern ausgetauscht hatten, drückte mich Mary-Anne an sich. »Bitte pass auf dich auf.«
»Du auch. Und gib Hope bitte einen ganz dicken Kuss von mir.« Meine Stimme bebte, weil ich kurz davor stand, die Beherrschung zu verlieren.
Schnell schnappte ich mir den Koffer und lief eilig aus dem Zimmer. Während ich ein paar Minuten später das Krankenhaus verließ und in ein Taxi stieg, liefen mir unaufhörlich Tränen über die Wangen. Ich konnte meine Gedanken nicht zur Ruhe bringen. Außerdem schmerzte mich die Tatsache, dass ich mich nicht von den Kindern, ebenso wie von meinen Kollegen, hatte verabschieden können. Aber es war besser so, versuchte ich mir einzureden. Eine erneute Konfrontation mit Clint hätte ich kaum ertragen.
Während ich aus dem Seitenfenster

hinausschaute, keuchte ich plötzlich auf, als ich Clints roten Pick-up entdeckte. Er selbst lehnte an der Fahrertür und blickte mich traurig an.
Warum war er hier? Um mich noch ein letztes Mal zu sehen oder hatte er Mary-Anne lediglich hierher gebracht?
Doch es war im Grunde egal, warum er hier war, denn mein Herz setzte für ein paar Takte aus, als ich seine Erscheinung in mich aufnahm.
Groß und wahnsinnig anziehend, in Jeans und einem karierten, blauen Hemd stand er dort, wobei die Hände in seinen Hosentaschen steckten. Seine stechend blauen Augen blitzten im Schatten seines Cowboyhutes hervor.
Während das Taxi weiterfuhr, brannte sich der Anblick seiner traurigen Augen in meinem Gehirn ein.
Oh, Clint, es tut mir so leid!

Den gesamten Flug über grübelte ich darüber nach, was ich mit meinem restlichen Leben anfangen sollte. Auch hatte ich keine Lust, nach

Hause zu fahren. Die anklagenden Blicke meiner Mutter sowie das »Ich habe es dir ja gleich gesagt« von ihr zu hören, konnte ich im Moment nicht ertragen.

Nur, wo sollte ich sonst hin?

Dann kam mir ein Gedanke.

Kapitel 36

Nervös stand ich vor Williams und Alex' Wohnungstür. Tat ich das Richtige, indem ich hierher kam?

Ich hatte keine Gelegenheit, es mir anders zu überlegen, denn William öffnete in diesem Moment die Tür.

»Alexandra?« Als ich sein überraschtes, aber mir auch so vertrautes Gesicht sah, brach plötzlich alles aus mir heraus. Jedes Gefühl, das ich versucht hatte, in mir zu verschließen, schoss schluchzend hervor. Ich konnte kein Wort hervorbringen.

Er legte seinen Arm um meine Schulter und griff nach meinem Koffer. »Komm erst einmal herein.«

Ich ließ mich den Flur entlang zum Wohnzimmer führen, in dem Alex auf der Couch saß und fernsah. Verwundert blickte er uns an und stand auf.

Ich schaute Alex verlegen an. »Es tut mir leid, dass ich euch so einfach überfalle, aber ich wollte nicht nach Hause und …«

Ich konnte nicht mehr weitersprechen und wischte mir die Tränen von den Wangen. Alex schaltete den Fernseher aus und deutete mit dem Arm zur Couch. »Setz dich erst einmal hin. Möchtest du etwas trinken?«

Ich schüttelte nur den Kopf, während ich auf dem Sofa Platz nahm. Die Männer setzten sich links und rechts von mir und blickten mich aufmunternd an.

Ich nahm einen tiefen Atemzug und begann zu sprechen, es sprudelte regelrecht alles aus mir heraus.

Ich erzählte den beiden von meiner Arbeit im Waisenhaus und wie glücklich ich dort mit den Kindern gewesen war. Von der Freundschaft zu Mary-Anne und der etwas mürrischen, aber herzensguten Berta.

Als ich über Clint zu berichten begann, musste ich trotz meiner Trauer wehmütig schmunzeln. »Clint hat mich wahnsinnig gemacht. Von Anfang an hat er mich immer Prinzessin genannt. Er war der Meinung, ich würde es nicht lange dort aushalten mit meinem damenhaften Getue. Doch nach und nach sind wir uns nahe gekommen und ich habe mich in ihn verliebt.«

Beide Männer ließen mich reden, unterbrachen mich nicht, wofür ich ihnen sehr dankbar war. Als ich einen tiefen Atemzug nahm, um von der Vergewaltigung und Brandmarkung zu sprechen, verlor ich die Nerven. Ich weinte dermaßen heftig, dass ich kaum noch Luft bekam.

»Alexandra, alles ist gut, wir sind für dich da«, sagte William. Beide Männer nahmen mich in den Arm und ich spürte, wie sehr ich das gebraucht hatte.

Ich hatte oft von Frauen gehört, die nach solch schlimmen Erlebnissen keine Nähe zu Männern zulassen konnten, und wunderte mich über mich selbst. Oder lag es vielleicht daran, dass Alex und William schwul waren und sie somit keine Gefahr für mich darstellten? Ich wusste es selbst nicht genau, aber sie gaben mir in diesem Moment den Trost, den ich so dringend nötig hatte.

Nach einer Weile beruhigte ich mich wieder

und erzählte auch den Rest. Dann herrschte Stille. Ich nahm an, dass die beiden viel zu geschockt über die ganzen Ereignisse waren und sich erst einmal sammeln mussten.
Alex ergriff als Erster das Wort. »Es tut mir sehr leid, was dir passiert ist, Alexandra.« Er räusperte sich und blickte seinen Freund an. »Aber ich kann auch für William sprechen, wenn ich sage, dass wir dich beide unterstützen. Egal, was du brauchst, wir sind für dich da.«
»Natürlich«, beeilte sich William zu sagen. »Außerdem kannst du bei uns wohnen, so lange, wie du möchtest.«
»Danke«, sagte ich gerührt.
Ich war den beiden unheimlich dankbar dafür, denn es war keine Selbstverständlichkeit. Zumal mich Alex als ehemalige Verlobte von William nicht nur in der Nähe seines Freundes akzeptierte, sondern auch unterstützte. Ich war beiden deswegen wahnsinnig verbunden.
Kurze Zeit später sagten wir uns gute Nacht und ich wurde von William in das Gästezimmer gebracht. Er blieb noch an der Türschwelle

stehen und blickte mich eindringlich an. »Egal, was du brauchst, Alexandra, scheue dich nicht, es mir zu sagen.«
»Danke, William. Für alles.«
»Hey, wir sind Freunde, schon vergessen?« Er zwinkerte mir zu und schloss die Tür.
Sobald ich im angrenzenden Bad eine Dusche genommen hatte, legte ich mich schlafen. Ich war erschöpft, körperlich sowie auch seelisch.

»Du gehörst mir und nur mir allein!« Ramón ragt über mir auf wie der Teufel, der er ist.
»Nein, niemals!«
Er drückt mir mit seiner großen Hand die Luft an der Kehle ab. Ich will ihn wegstoßen, aber ich bin gefesselt.
Immer und immer wieder spüre ich seine Stöße in mir. Sein heißer Atem, während er seine feuchte Zunge gewaltsam in mich drängt. Ich will sterben. Sein Körper ist so schwer auf mir. Ich bekomme keine Luft mehr! Hilfe! Warum hilft mir denn keiner? Clint, wo bist du?

Mit einem Schrei erwachte ich aus meinem

Albtraum. Zeitgleich flog die Tür auf und William rannte auf mich zu. »Alexandra … scht, es war nur ein Traum. Du bist hier, bei mir, in Sicherheit.«

Im ersten Moment zuckte ich zusammen, aber als mir bewusst wurde, dass ich nicht in Gefahr war, begann ich mich zu entspannen. William hielt mich in seiner Umarmung, während sich mein Herzschlag langsam beruhigte.

Ich vergrub mein Gesicht an seiner Brust und ließ meinen Tränen freien Lauf. Sein Duft war mir vertraut und meine Empfindungen waren so ähnlich, wie man wahrscheinlich bei einem großen Bruder fühlen würde.

Ich brauchte sehr lange, um mich zu beruhigen, und bis ich endlich in einen traumlosen Schlaf fiel.

Kapitel 37

Als ich am nächsten Morgen wach wurde, war ich im ersten Moment orientierungslos. Erst als ich mich aufsetzte, stürmten die gestrigen Ereignisse auf mich ein.

Ich befand mich alleine im Gästezimmer. Zu meinem Glück war William nicht mehr bei mir, denn ich schämte mich für meinen Ausbruch.

Gerädert stieg ich aus dem Bett und lief ins Bad. Heute war ein neuer Tag in meiner ebenso neuen Zukunft. Einer Zukunft ohne den geringsten Plan. Ich verzog das Gesicht angesichts der Tatsache, dass ich wieder einmal einen Neubeginn wagen musste. Diesmal einen, der ungewiss war.

Außerdem musste ich mich bei meinen Eltern melden, um ihnen mitzuteilen, dass ich nach London zurückgekehrt war. Mir graute es vor dem Gespräch, weil ich nicht wusste, wie viel ich ihnen erzählen sollte.

Nachdem ich geduscht und mich angezogen

hatte, setzte ich mich aufs Bett und nahm mein Handy zur Hand. Ich überlegte, ob es sinnvoller wäre, lieber meine Schwester anzurufen, als ich eine Textnachricht bemerkte.
Mit einem wehmütigen Lächeln las ich die Nachricht von Mary-Anne.

Ich hoffe, dass du gut zu Hause angekommen bist. Hier ist alles doof ohne dich.

Mary-Anne hatte mir auch ein Foto von sich selbst geschickt, mit einem traurigen Ausdruck im Gesicht.
Um nicht gefühlsduselig zu werden, drückte ich die Nachricht weg und wählte die Nummer meiner Mutter.
»Alexandra, was für eine schöne Überraschung, dass du dich meldest!«
»Hallo, Mama … ähm, ich muss dir etwas sagen.«
»Du klingst so ernst, Kind. Ist etwas geschehen?«
Ich musste trocken schlucken, bevor ich weitersprechen konnte. »Nun, als Erstes: Ich bin

wieder zurück in London. Genaugenommen bei William, ähm … und …«

»Was?«, rief meine Mutter. »Was ist in Mexiko geschehen? Geht es dir gut? Warum bist du denn nicht sofort zu uns nach Hause gekommen?«

Was sollte ich darauf antworten? Ich konnte ja schlecht sagen, dass ich keine Lust auf ihre Vorhaltungen gehabt hatte und deswegen zu William und Alex gefahren war.

»Mama, mir geht es so weit ganz gut, aber bitte lass mir etwas Zeit, ja? Und ich verspreche dir, ich werde dir alles erklären, sobald ich in ein paar Tagen nach Hause komme.«

»Wie kannst du mir das nur antun, Alexandra?«, echauffierte sich meine Mutter. »Du wirst jetzt sofort nach Hause kommen, hast du verstanden? Es kann doch nicht angehen, dass du bei fremden Leuten wohnst.«

Ich unterdrückte ein Stöhnen. »Mama, William und Alex sind nun wirklich keine Fremden für mich. Bitte sei nicht böse auf mich.« Bei meinen letzten Worten brach meine Stimme.

Sie schien zu spüren, dass etwas nicht in

Ordnung war, denn ihr Tonfall klang weicher.
»Gut, Alexandra, ich hoffe, du weißt, was du tust. Ich erwarte dich in ein paar Tagen und hoffe sehr, dass du mir dann alles erklärst.«
»Ja, das verspreche ich dir. Bye, Mum.« Ich legte schnell auf, weil ich kurz davor war, in Tränen auszubrechen.
Nachdem ich aufgelegt hatte, stand ich auf, um nach William und Alex zu suchen. Ich hörte Geräusche aus der Küche und erblickte sogleich Alex, der sich gerade Kaffee einschenkte.
»Guten Morgen, Alexandra. Du hast William gerade verpasst, er ist vor ein paar Minuten zur Arbeit aufgebrochen.«
»Guten Morgen«, erwiderte ich seinen Gruß und setzte mich an den Tisch. »Wo genau arbeitet William eigentlich?«
Alex schob mir eine Tasse über den Tisch und setzte sich mir gegenüber. »Er arbeitet für den Staat, genaugenommen hilft er Menschen, die sich finanziell keinen Anwalt leisten können. Der Job gefällt ihm sehr gut und es macht ihn glücklich. Trotz der niedrigen Bezahlung.« Er

zwinkerte mir grinsend zu. Wie ich wusste, war Alex ein erfolgreicher Immobilienmakler, wodurch die beiden sicher nicht am Hungertuch nagen mussten.
Nachdem ich einen Schluck Kaffee getrunken hatte, nickte ich ihm zu. »Ich freue mich sehr für William. Und das mit der Bezahlung kann ich sehr gut verstehen. Wenn du deinen Job liebst, dann ist dir das gleichgültig.«
Natürlich dachte ich dabei an meine Anstellung im Waisenhaus, die mir gefühlsmäßig so viel mehr gegeben hatte, als Geld es jemals könnte.
Alex schien zu spüren, wohin meine Gedanken gewandert waren. »Und was für Vorstellungen hast du bezüglich deiner eigenen Zukunft?«
Ich begann zu überlegen. »Für den Anfang möchte ich mir einen Job suchen. Ich brauche eine Aufgabe, damit ich nicht durchdrehe. Vielleicht gibt es hier in London ein Kinderheim, welches mich anstellen würde.« Ich zuckte mit den Schultern.
Er nickte. »Und dann? Verstehe mich nicht

falsch, aber ist es wirklich das, was dein Herz dir sagt?«

»Mein Herz spielt hierbei keine Rolle. Ich liebe Clint, aber ...« Meine Stimme brach. Ich straffte die Schultern und versuchte mich zusammenzureißen. »Wie kann ich mit ihm zusammen sein, wenn ich keinen Sex mehr ertragen kann? Du hast doch selbst mitbekommen, was gestern Nacht geschehen ist. Meine Albträume wegen der Misshandlung und Vergewaltigung vergehen nicht so einfach.«

»Eine Beziehung besteht nicht nur aus Sex, Alexandra. Nach allem, was ich von dir über Clint erfahren habe, glaube ich nicht, dass er ein Mann ist, der dich bedrängen würde.«

»Ja, kann schon sein«, stieß ich stöhnend aus. Ich war so verwirrt. »Trotz allem will ich erst hier mein Leben auf die Reihe bekommen und muss spätestens übermorgen wieder zu meinen Eltern ziehen.«

»Alexandra«, sagte er eindringlich zu mir. »Du kannst so lange bleiben, wie du möchtest. Das haben wir dir doch gestern gesagt.«

»Ich danke euch auch dafür, aber ich kann

meine Eltern nicht vor den Kopf stoßen.«
Er nickte wissend.

Als William am Abend nach Hause kam, war ich noch dabei, im Internet nach geeigneten Anstellungen zu suchen. Er klopfte an der offenen Tür. »Hey, meine Süße, wie geht es dir?«
Der mitleidige Ausdruck in seinem Gesicht machte mich verlegen. Zumal er gestern Nacht so einfühlsam gewesen war.
»Es geht mir den Umständen entsprechend, würde ich sagen.« Ich zuckte mit den Schultern. Den ganzen Tag hatte ich halbherzig im Internet nach geeigneten Jobs gesucht oder einfach vor mich hin gestarrt.
William ging nicht auf meine Bemerkung ein. »Hast du Lust, zu uns in die Küche zu kommen? Ich habe Garnelen gekauft und wollte sie mit einer leckeren Knoblauch-Soße und Reis zubereiten.«
»Sehr gerne«, antworte ich und stand auf.
Sobald wir die Küche betraten, fragte ich die beiden, ob ich ihnen helfen könnte.
Alex schüttelte seinen Kopf und dirigierte

mich zum Tisch. »Du bist unser Gast und lässt dich von uns verwöhnen.«

Während ich den beiden zusah, wie sie gemeinsam das Essen vorbereiteten, erkannte ich eine innige Vertrautheit zwischen ihnen. Ich wollte keinen Neid empfinden, doch die Liebe, die ich zwischen ihnen sehen und auch spüren konnte, verpasste mir einen Stich ins Herz.

Würde ich jemals wieder mit einem Mann intim werden können? Konnte ich all das, was mir widerfahren war, vergessen und mich wieder öffnen?

Natürlich sah ich sofort Clint vor meinem inneren Auge und fühlte mich unsagbar einsam.

Kapitel 38

Ich stand angespannt mit meinem Koffer in der Hand im Hausflur. Aus dem Salon konnte ich die Stimmen meiner Eltern hören. Mit zittrigen Knien näherte ich mich der offen stehenden Tür und nahm einen tiefen Atemzug.

Los, Alexandra, bring es hinter dich.

Kaum betrat ich das Zimmer, sprang meine Mutter aus dem Sessel. »Alexandra, endlich!« Sie lief auf mich zu und schloss mich in ihre Arme. Anschließend trat sie einen Schritt zurück, um mich von oben bis unten zu betrachten. Anscheinend wollte sie sich vergewissern, dass ich äußerlich unversehrt war.

Ich stand wie versteinert dort, während mein Blick auf meinen Vater fiel, der seine Lesebrille abnahm und ebenfalls aufstand.

Ich hatte noch kein Wort gesagt, spürte aber, wie die Anspannung langsam von mir abfiel. Mit einem wahrscheinlich traurigen Lächeln blickte ich die beiden an. Erst in diesem Moment erkannte ich, wie sehr sie mir gefehlt

hatten.
Ich musste mich räuspern. »Setzen wir uns doch.«
Während wir auf dem Sofa Platz nahmen, fühlte ich mich mit einem Mal geborgen zwischen ihnen. So als würde mir nichts passieren, wenn sie nur in meiner Nähe waren. Es erstaunte mich schon etwas, denn ich hatte nie ein besonders inniges Verhältnis zu meinen Eltern gehabt.
»Wo ist Luise?«, fragte ich, nur um irgendetwas zu sagen.
»Sie ist in der Uni«, antwortete meine Mutter etwas ungeduldig. »Aber jetzt erzähl uns bitte, warum du zurückgekehrt bist.« Sie legte ihre Hand in meine und blickte mich aufmunternd an.
Ich starrte stur auf den Boden, als ich zu berichten begann. Im Gegensatz zu meinem emotionalen Ausbruch bei William und Alex war ich heute die Ruhe selbst. Ohne Emotionen erzählte ich ihnen den Grund für meine Rückkehr. Ich ließ alles aus, was mit dem Kinderheim und Clint zu tun hatte. Nur die Fakten

meiner Entführung, Brandmarkung und Vergewaltigung legte ich dar. Meine Stimme hörte sich an wie die einer Nachrichtensprecherin, die irgendeinen Bericht vorlas. Doch es half mir in diesem Moment, alles besser zu verkraften.

Erst als ich geendet hatte, blickte ich wieder hoch.

Meiner Mutter liefen Tränen über die Wangen und mein Vater hatte sein Gesicht in den Händen vergraben.

Es tat mir weh, ihnen Schmerzen zuzufügen.

Trotz allem aber wollte ich ihnen zeigen, dass ich mich auf dem Weg der Besserung befand.

»Macht euch bitte keine Sorgen um mich. Ich habe zwar ab und an noch Albträume, aber ich werde es überstehen.«

»Ich weiß nicht, was ich sagen soll«, meinte meine Mutter schniefend. »Vielleicht wäre es sinnvoll, wenn du mit einem Psychologen redest.«

»Nein, Mum, ich schaffe das schon. Erst einmal bin ich froh, wieder hier bei euch zu sein.«

Ich schaute zu meinem Vater, der die Hände

von seinem Gesicht genommen hatte, und konnte Tränen in seinen Augen glitzern sehen. Es schmerzte mich sehr, ihm Kummer zu bereiten.

Er war kein Mann der vielen Worte und nahm mich einfach nur in den Arm. »Ich liebe dich, meine Kleine.«

»Ich liebe dich auch, Dad.«

Meine Mutter umarmte uns beide und ich genoss es in vollen Zügen.

Nach einiger Zeit entwand ich mich ihnen und wischte mir über meine feuchten Wangen. »Ich möchte jetzt gerne in mein Zimmer, um mich ein wenig auszuruhen.«

»Aber natürlich, mein Schatz«, beeilte sich meine Mutter zu erwidern. »Wir sehen uns dann später wieder, beim Dinner.«

In meinem Zimmer angekommen, erkannte ich, dass alles noch so war, wie ich es verlassen hatte. Es fühlte sich gut an, dass es Dinge gab, die sich nie ändern würden.

Ich legte den Koffer auf mein Bett, um die Kleidung im Schrank zu verstauen. Meine

Gedanken wanderten währenddessen zu dem Gespräch mit meinen Eltern und ich war froh, dass nun endlich alles gesagt war.
Einer neuen Zukunft stand nichts mehr im Weg. Ich war mir ganz sicher, dass meine Verletzungen – die äußeren sowie auch die inneren – in meiner vertrauten Umgebung wieder heilen würden.
Ich musste einfach daran glauben, dass alles wieder gut werden würde, denn ansonsten würde ich verzweifeln.
Auch verbot ich es mir, an die glückliche Zeit in Mexiko zu denken, denn es deprimierte mich nur.
Mit einem tiefen Seufzen machte ich mich auf den Weg ins Bad. Eine Dusche würde mir jetzt bestimmt guttun.

Kapitel 39

Seit drei Monaten wohnte ich wieder zu Hause und die Jobsuche erwies sich als schwieriger, als ich gedacht hatte. Die potenziellen Arbeitgeber verlangten ein Arbeitszeugnis von mir. Ich aber scheute mich, wenn auch nur postalisch, mit Clint in Verbindung zu treten.

Zudem benahmen sich meine Eltern, als wäre ich ein rohes Ei. Das machte mich wahnsinnig.

Im Moment befand ich mich bei einem Ball der Nortons und fragte mich nicht zum ersten Mal an diesem Abend, was ich hier verloren hatte.

Warum nur hatte ich mich von Luise überreden lassen, mitzukommen? Sie behandelte mich nicht wie meine Eltern, aber dennoch hatte ich ihr lediglich einen Gefallen tun wollen.

Die Menschen um mich herum empfand ich als extrem oberflächlich und ihr ganzes Getue war so banal in meinen Augen. Ich sehnte mich nach Sonnenschein, dem Meer, den Kindern … und nach …

Nein, ich durfte nicht an ihn denken, denn dann würde ich wieder anfangen zu heulen.
Ich schnappte mir ein Glas Champagner – das dritte an diesem Abend –, als ich Loraine auf mich zukommen sah.
Die hatte mir gerade noch gefehlt. Doch ihre Arroganz konnte mich nicht mehr treffen. Um ehrlich zu sein, freute ich mich plötzlich, sie zu sehen, denn mir stand im Moment der Sinn nach Streit. Heute war der Tag der Abrechnung.
Ich schaute mich kurz um und erkannte einige Klatschtanten in meiner Nähe. Sehr gut.
Mit einem boshaften Lächeln schlenderte Loraine auf mich zu. Kaum stand sie vor mir, riss sie theatralisch die Augen auf. »Alexandra, fast hätte ich dich nicht wiedererkannt, du bist ja überhaupt nicht mehr fett. Und außerdem siehst du dermaßen dunkel aus, dass ich dich für eine Zigeunerin gehalten habe.«
Das war so klar, dass sie zuerst auf mein Aussehen losgehen würde. Sie hatte auch absichtlich laut gesprochen, damit jeder, der in unserer Nähe war, sie hören konnte.

Ich ließ mich nicht aus der Ruhe bringen, lächelte sie an und legte einen ebenso überraschten Ton in meine Stimme. »Aber, Loraine, ich bin doch eine Zigeunerin, hast du es denn nicht gewusst? Ich könnte einen Fluch aussprechen und derjenigen, den er trifft, hätte keinerlei Chance, zu entkommen.«
Unsicherheit flackerte in ihren Augen auf, was mir Genugtuung verschaffte.
Es war schon ganz nützlich, William als Freund zu haben, denn er hatte mir eine Menge Dinge über Loraine erzählt. Wie die Tatsache, dass sie sich sehr für alte Bräuche und Rituale interessierte. Ihre größte Angst war, dass sie jemand mit einem bösen Fluch belegte.
Ich beschloss, noch einen drauf zu legen. »Meine Großmutter hat mir ihre besondere Gabe vererbt, musst du wissen. Erst gestern hat mich Roseanne Larson aufgesucht und um einen Gefallen gebeten.«
Das war natürlich erstunken und erlogen, aber ich wusste, dass Loraine und Roseanne seit Jahren Rivalinnen waren und sich hassten. Die

Gefahr, dass sie miteinander sprachen, war demnach ziemlich gering. Zudem hatte ich den Namen ihrer Erzfeindin nur genannt, damit Loraine befürchtete, von ihr verflucht zu werden.

Loraine tat so, als würde es sie nicht interessieren, was ich gesagt hatte, und blickte gelangweilt auf ihre Fingernägel. »Ach, und was sollte sich Roseanne von deinem Hokuspokus erhoffen?«

Sie konnte mir nichts vormachen, denn ich erkannte an ihrer schnellen Atmung, dass sie sich vor der Antwort fürchtete.

»Tja, das bleibt natürlich geheim. Ich verrate nichts.«

Der Hass in ihren Augen brachte mich lediglich dazu, sie mitleidig anzulächeln. Was war Loraine nur für ein armseliges Geschöpf? Und vor ihr hatte ich mich gefürchtet?

»Ach, übrigens«, begann ich betont beiläufig, »meinen Glückwunsch zur Verlobung.«

Loraines Zukünftiger, Lord Barron, war extrem reich, aber alt und zudem ein sehr konservativer und spießiger Mann, wie ich wusste.

Verwirrt über den Themenwechsel, brachte Loraine ein knappes »Dankeschön« zustande.
Ich beschloss, ihr den Gnadenstoß zu verpassen. »Heißt sein Sohn nicht Matthew? Ich glaube mich zu erinnern, dass William von ihm gesprochen hat.«
»Was?« Sie keuchte erschrocken. Ihre Fassade begann zu bröckeln.
»Oh, verzeih, das hatte ich vergessen zu erwähnen. William und ich sind mittlerweile gute Freunde.« Ich blickte tief in ihre vor Furcht aufgerissenen Augen und genoss jede Sekunde davon. »Wenn ich mich recht entsinne, ist Matthew ein sehr enger Freund von dir. Ich frage mich, ob sein Vater weiß, wie eng.«
»Du verfluchte Hexe!«, kreischte sie los, sodass sie plötzlich die Aufmerksamkeit aller Anwesenden um uns herum hatte.
Na also, dachte ich innerlich grinsend, geht doch. Trotzdem trug ich eine nachsichtige Miene zur Schau. »Loraine, so beruhige dich doch. Was ist in dich gefahren?«
Panisch blickte sie die Gäste an. Ihr Gesicht

war nur noch eine hässliche Fratze. »Sie ist eine Hexe und hat mich verflucht!«
Die Klatschtanten begannen zu tuscheln und blickten Loraine befremdlich an. Das schien das Miststück ebenfalls zu bemerken und versuchte, sich deshalb zu rechtfertigen. »Ihr müsst mir glauben! Alexandra ist gefährlich!« Anklagend zeigte sie mit dem Finger auf mich. Ich hatte Mühe, nicht laut loszulachen, als ich mich ihr näherte. Sobald ich meine Hand auf ihre Schulter legte, begann sie wieder loszukreischen und zuckte mit weit aufgerissenen Augen von mir weg. »Fass mich nicht an, du böse Hexe!«
Erst als Lady Olivia erschien und lautstark zu erfahren verlangte, was geschehen sei, begriff Loraine das ganze Ausmaß der Situation und ihre Schultern sackten herab. Ich hatte sie mit ihren eigenen Waffen geschlagen. Wie ein Häufchen Elend ließ sie sich von ihrer Mutter wegbringen.
Schulterzuckend blickte ich mit einem mitleidigen Gesichtsausdruck die geschockten Gäste an. »Ich glaube, dass sie ein Alkoholproblem

hat.«

Jegliche Tratschweiber begannen, zustimmend zu nicken, so als hätten sie es die ganze Zeit ebenfalls geahnt, dass Loraine Probleme hatte. Wie verkommen doch diese Gesellschaft war, dachte ich angewidert. Ich war definitiv fertig mit diesen Menschen.

Kapitel 40

Während ich am nächsten Morgen unter die Dusche stieg, musste ich zum ersten Mal nach langer Zeit wieder kichern, als ich an das Zusammentreffen mit Loraine dachte.

Kaum, dass ich gestern Abend zurückgekehrt war, hatte ich William angerufen und ihm alles haarklein berichtet. Er hatte den Lautsprecher des Telefons angestellt und ich hatte im Hintergrund Alex lautstark lachen gehört.

Meine Belustigung verflog augenblicklich, als ich das Brandzeichen an meinem Oberschenkel berührte.

Ich war defekt und kaputt. Wahrscheinlich würde ich mein ganzes Leben vor mich hin vegetieren. Oder als alte Frau mit hundert Katzen enden.

Bedrückt stieg ich aus der Dusche, wickelte mich in ein Handtuch und lief in mein Zimmer. Nachdem ich mich angezogen hatte, schnappte ich mir meinen Laptop und setzte mich auf das Bett.

Auch wenn ich wusste, dass ich mich nur selbst damit quälte, so rief ich die Homepage vom *Paradise* auf.
Die Bilder, die mir entgegen strahlten, ließen mein Herz zusammenkrampfen. Ich vermisste diesen Ort und die Menschen dort.
Hatte ich mich richtig entschieden?
Seufzend legte ich den Laptop wieder auf meinen Schreibtisch und stellte mich ans Fenster. Selbst das Wetter hier in London machte mich depressiv. Ständig regnete es und die Gegend war grau in grau.
In diesem Moment klopfte es an der Tür. Mit einem Stöhnen, denn ich hatte keine Lust auf Gesellschaft, ging ich öffnen und erblickte meine Mutter.
Kaum, dass sie mein Zimmer betrat, polterte sie drauflos. »Jetzt reicht es mir, Alexandra. Seit Monaten suhlst du dich in Selbstmitleid. Das hat jetzt ein Ende.«
Selbstmitleid? Sie wusste doch, was mir widerfahren war! Ich konnte sie nur schockiert ansehen.
Energisch griff sie nach meiner Hand und bugsierte mich zum Bett. »Setz dich. Wir müssen

reden.«

Widerstandslos ließ ich mich mitziehen und setzte mich dann zu ihr.

»Schau mich an«, verlangte sie.

Ich blickte in ihre wütenden, aber auch traurigen Augen und hatte plötzlich einen Kloß im Hals. Für meine Familie und insbesondere für meine Mutter war die Situation bestimmt ebenso schwer. Ich, egoistisch wie ich war, hatte nur an mich selbst gedacht.

»Jetzt hörst du mir mal genau zu, mein Kind: Wenn du dein Leben vergeudest, dann hat er gewonnen. Dann hat das Schlechte, was dir widerfahren ist, Macht über dich. Ich will, dass meine Tochter wieder diese starke Frau wird, die ich kenne.«

»Du hältst mich für stark?« Tränen traten mir in die Augen. Ich hätte nie für möglich gehalten, dass Emily Ward, eine Frau, die mich stets behandelt hatte, als wäre ich es nicht würdig, eine Dame zu sein, mich stark nennen würde.

»Aber natürlich, mein Schatz. Ich bin so unheimlich stolz auf dich. Keiner von uns hätte den Mut gehabt, sich alldem zu stellen.

Geschweige denn, einfach in ein anderes Land zu reisen und dort arbeiten zu gehen.«

Schluchzend warf ich mich in ihre Arme. »Ach, Mama.«

Einige Zeit später, als ich mich wieder etwas beruhigt hatte, erzählte ich ihr von dem Leben im Waisenhaus mit den Kindern. Es tat mir gut, all das Positive, das ich erlebt hatte, hinauszulassen. Als ich ihr berichtete, wie ich mitsamt Kannen hingefallen war, weil Pepe mir ein Bein gestellt hatte, lachte sie los. Ich musste ebenfalls grinsen.

Mit einem Mal zwinkerte sie mir schelmisch zu. »So, und nun erzähl mir von dem tollen Clint.«

Ich war erstaunt, denn ich hatte mit keinem Wort erwähnt, dass wir uns nähergekommen waren.

Sie lachte über mein überraschtes Gesicht. »Alexandra, ich bin deine Mutter. Glaubst du, ich sehe nicht, dass deine Augen anfangen zu glänzen, wenn du von ihm sprichst?«

»Aber«, begann ich verwirrt, »bist du nicht verärgert darüber? Ich meine, du wolltest doch immer, dass ich eine gute Partie mache.«

»Bullshit!«, rief sie plötzlich aus, was meine Überraschung ins Unermessliche steigen ließ. »Alexandra, du warst immer diejenige, die um jeden Preis die Anerkennung dieser verkommenen Gesellschaft suchte. Dabei hast du nie bemerkt, dass du weitaus besser bist als diese hochnäsigen Weiber.«

Hatte ich all die Jahre nur geglaubt, dass es der Wunsch meiner Mutter gewesen war, eine perfekte Dame zu sein?

Ich schüttelte verwirrt meinen Kopf. »Wer bist du und was hast du mit meiner Mutter gemacht?«

Emily Ward begann, schallend zu lachen, und ich gleich mit ihr. Zum ersten Mal in meinem Leben spürte ich eine Vertrautheit gegenüber meiner Mutter, die mich sehr berührte.

Plötzlich blickte sie mich eindringlich an. »Nun? Du hast mir meine Frage noch nicht beantwortet.«

Ich biss mir verlegen auf die Lippe und betrachtete die auf meinem Schoß verschränkten Finger.

Meine Mutter griff mir unters Kinn und hob meinen Kopf, sodass ich sie anschauen musste. »Liebst du ihn?«

Ich konnte nur ein »Ja« hauchen.

Energisch sprang sie in die Höhe. »Na dann, lass uns packen.«

»Was?« Ich war völlig perplex.

»Du fliegst natürlich zu ihm zurück. Du kannst dich nicht ewig hier verkriechen und in Selbstmitleid baden.«

Für meine Mutter schien die Sache klar zu sein, aber nicht für mich. Allein die Vorstellung, Clint zu begegnen, ließ meinen Magen zusammenkrampfen. Ich brauchte noch Zeit. Viel mehr Zeit.

»Nein, das kann ich nicht!«, rief ich panisch aus.

Mit einem Seufzen setzte sie sich wieder zu mir. »Vergeude bitte nicht dein Leben, Alexandra. Denk darüber nach, in Ordnung?«

Ich konnte nur nicken.

Kapitel 41

Einen Monat später befand ich mich im Flieger Richtung Mexiko.
Tat ich das Richtige? Wollte Clint überhaupt mit mir reden? Konnte ich eine Beziehung mit ihm führen, nach alldem, was geschehen war? Es half alles nichts, ich musste mir vor Ort Klarheit verschaffen.
Außerdem war es nicht nur Clint, den ich vermisste. Hope, Pepe, Paolo, Mary-Anne, Sofia und selbst Berta fehlten mir ganz schrecklich.
Gestern hatte ich Mary-Anne am Telefon mitgeteilt, dass ich zurückkehren würde. Für all die anderen sollte es eine Überraschung werden. Einschließlich Clint. Auch wenn er der Eigentümer vom *Paradise* war, so würde er mir bestimmt nicht verwehren, dort zu arbeiten, oder?
Ich dachte an meine Schwester, mit der ich lange Gespräche geführt hatte und die mich immer wieder bestärkt hat, diesen Schritt zu wagen. Vor dem Flug hatte sie mich

aufmunternd angelächelt und gesagt: »Du tust das Richtige, Alexandra. Davon bin ich überzeugt.«
»Ich hoffe es«, hatte ich mit einem bangen Gefühl im Bauch erwidert.

In dem Moment, als ich das Flughafengebäude verließ, stürmten die Erinnerungen auf mich ein. Hier hatte ich damals gestanden und auf Clint gewartet. Hier hatte ich auch Mary-Anne kennengelernt, die mir zu einer guten Freundin geworden war.
Heute würde mich keiner abholen kommen, dachte ich traurig und ich schaute mich suchend nach einem Taxi um.
In diesem Augenblick erblickte ich einen roten Pick-up und mein Herz setzte für einen Moment aus.
Clint würde mich doch nicht …
Weiter kam ich nicht mit meinen Überlegungen, denn ich erkannte, teils erfreut und teils enttäuscht, dass Mary-Anne hinter dem Steuer saß.
Sie stoppte den Wagen und sprang auch

sogleich heraus. »Überraschung!«, rief sie freudestrahlend und lief mit ausgebreiteten Armen auf mich zu.
Ich genoss die Umarmung sehr. »Mary-Anne, ich bin so froh, dich zu sehen.«
»Und ich bin erleichtert, dass du wieder zurück bist.«
Die gesamte Fahrt über löcherte ich sie mit Fragen. Ich wollte wissen, wie es Hope ging, und ob sie sehr gewachsen war. Genauso stellte ich ihr Fragen bezüglich der Kollegen und Kinder. Clint ließ ich natürlich aus.
Doch Mary-Anne lachte nur. »Das kannst du alles selbst herausfinden, Alexandra.«
Das Einzige, was sie mir mitteilte, war, dass sie nun mit Paolo eine Beziehung führte. Die beiden wollten es aber langsam angehen und nichts überstürzen.
Ich freute mich sehr für meine Freundin, denn Paolo war ein toller Mann. »Heißt das, dass du nun für immer in Mexiko bleibst?«
Mary-Annes Wangen glühten vor Aufregung und ich konnte sehen, wie verliebt und glücklich sie war. »Ja«, hauchte sie.

Eine Stunde später, als Mary-Anne vor dem Waisenhaus parkte und ich das Hauptgebäude erblickte, wusste ich, dass ich die richtige Entscheidung getroffen hatte. Es fühlte sich an, wie nach Hause zu kommen.

Mit einem nervösen Kichern stieg ich aus und ließ alles auf mich wirken. In diesem Moment erschien Paolo, der gerade von den Ställen zurückkam. Bei ihm waren Pepe, José und Mateo. Als die Kinder freudestrahlend auf mich zurannten, war es das schönste Gefühl auf Erden. Sie scharrten sich um mich und redeten alle auf einmal auf mich ein.

Pepe schmiss sich in meine Arme und schluchzte: »Bitte, Señorita, gehen Sie nie wieder weg.«

Mir traten Tränen in den Augen und ich fühlte mich schuldig, dass ich den Jungen im Stich gelassen hatte.

Mein tränenverschleierter Blick fiel plötzlich auf eine Gestalt, die am Türrahmen des Haupthauses lehnte. Ich konnte auf einmal kein Wort mehr hervorbringen.

Jegliche Anwesenden rückten in den Hintergrund, als ich in Clints wundervolle, blaue Augen schaute. Seine Miene war ausdruckslos, sodass ich nicht erkennen konnte, was er dachte.
War er vielleicht noch verärgert, dass ich gegangen war?
Doch mit einem Mal stellte sich eine offensichtlich schwangere Señorita Anna Sienna neben ihn. Das überhebliche Grinsen der Lehrerin, während sie sich an seinen Körper schmiegte, ließ mich zusammenzucken. Als Clint beschützend seinen Arm um ihre Schulter legte, setzte mein Herz für ein paar Takte aus.
Was passierte hier gerade? Waren die beiden etwa ein Paar?
Mein Magen krampfte sich zusammen bei der Vorstellung, dass sich Clint recht schnell mit einer anderen getröstet hatte. Und nicht nur das, er hatte Anna sogar geschwängert!
Hat Clint etwa die neunundneunzig Kondome alle aufgebraucht?, waren meine unzusammenhängenden Gedanken. Mir wurde plötzlich ganz schlecht und ich kam mir so unsagbar dumm

vor.
Zum Glück trat Mary-Anne zu mir und ich nahm den Blick von den beiden. »Alexandra, komm, lass uns zum Bungalow gehen. Du willst dich sicherlich etwas frisch machen.«
Ich war meiner Freundin unendlich dankbar und nickte ihr zu. Ich verabschiedete mich von Pepe mit dem Versprechen, beim Abendessen an seinem Tisch zu sitzen, und machte mich mit Mary-Anne auf den Weg.

Im Bungalow angekommen, schmiss ich mich aufs Sofa und schaute verärgert zu Mary-Anne hoch, die mich traurig anblickte.
»Warum hast du es mir verschwiegen?«
»Weil du dann nicht hergekommen wärst«, antwortete sie trotzig.
Sie hatte recht, ich wäre nicht zurückgekommen, wenn ich es gewusst hätte. Ich stieß ein Stöhnen aus, denn nun war ich hier und musste mich mit der Situation abfinden. »Erzähl mir bitte alles«, verlangte ich.
Seufzend setzte sich zu mir. »Um ehrlich zu sein, begreife ich selbst nicht, was zwischen

Clint und Anna läuft. Einen Monat, nachdem du gegangen bist, waren sie plötzlich zusammen und wir erfuhren von ihr, dass sie schwanger ist.«
»Das ging ja schnell«, sagte ich bedrückt.
»Ja!«, rief sie aus. »Da interessiert sich Clint zwei Jahre lang nicht für Frauen, und sobald du weg bist, bandelt er mit Anna an? Da ist etwas faul an der Sache, wenn du mich fragst.«
Ich war verwundert. »Was meinst du damit?«
Sie blickte mich eindringlich an. »Er sieht sie nicht so an, wie er dich immer angesehen hat, Alexandra. Ich glaube, dass er es bereut, sich mit ihr eingelassen zu haben. Aber da sie nun schwanger ist, kann er sie nicht im Stich lassen.«
Das würde zu ihm passen, denn Clint war ein verantwortungsvoller Mann. Er würde nie eine Frau verlassen, die er in solch eine Situation gebracht hatte. Zumal er sich immer eigene Kinder gewünscht hatte.
Ich beschloss, das Thema zu wechseln, weil es mich zu sehr bedrückte. »Erzähl mir bitte, wie es Hope geht.«

Mary-Anne stand mit einem Lächeln auf. »Komm, lass uns zu ihr gehen. Sie ist ganz schön gewachsen und zugenommen hat sie auch.«

Als ich abends im Bett lag, wusste ich nicht mehr weiter. War ich wegen Clint zurückgekommen oder wegen der Kinder und dem Leben hier, das mir so viel bedeutete?
Ich hatte es heute sehr genossen, mit Hope zu schmusen. Genauso auch mit Pepe und den anderen Kindern zusammen an einem Tisch zu sitzen und zu scherzen.
Nur reichte es aus, um hier glücklich zu werden, wenn ich gezwungen wäre, tagtäglich Anna und Clint zu begegnen?
In den nächsten Wochen, würde ich die Antwort darauf schon bekommen und mich dann endgültig entscheiden.

Kapitel 42

Das Leben im *Paradise* verlief in den nächsten Tagen genauso wie vorher. Als wäre ich nie weg gewesen. Ich genoss die Zeit mit den Kindern in vollen Zügen.
Der Einzige, von dem ich mich fernhielt, war Clint. Ich hätte mir jedoch keine Gedanken darüber machen brauchen, denn er ging mir ebenfalls aus dem Weg.
Bis auf einige Male, als auch meine Kollegen anwesend waren, sah ich ihn nicht. Es war mir ganz recht, denn ich hätte nicht gewusst, wie ich reagieren sollte.
Der Witz an der ganzen Sache war, dass Jane und Anna plötzlich ganz dicke Freundinnen waren. Sie warfen mir ständig giftige Blicke zu, was mich extrem nervte.
Natürlich war ich unheimlich verletzt, dass Clint sich so schnell mit einer anderen getröstet hatte, aber ich konnte es nun einmal nicht ändern. Immer nach vorne schauen, das war meine Devise.

Ich redete mir ein, dass es besser so war, denn meine Albträume waren, seitdem ich zurückgekehrt war, schlimmer geworden. Fast jede Nacht musste Mary-Anne in mein Zimmer kommen, um mich zu trösten.

Gerade betrat ich die Küche, um Berta zur Hand zu gehen, als mir Anna entgegenkam. Innerlich stieß ich einen Fluch aus.

Hätte ich nicht ein paar Minuten später ankommen können?

»Guten Morgen«, sagte ich höflich zu ihr.

»Spare dir deine Freundlichkeit«, entgegnete sie abfällig. »Ich habe dich durchschaut, Alexandra. Du bist hierher zurückgekommen, um dir Clint wieder zu angeln, aber du hast keine Chance mehr bei ihm. Er gehört zu mir und unserem Kind, verstanden? Vor allem, nachdem wir uns gestern verlobt haben.«

Ich musste wegen ihrer Feindseligkeit mir gegenüber trocken schlucken. Noch schlimmer war aber die Tatsache, dass sich die beiden verlobt hatten. Der Schmerz in mir glich einem glühenden Messer, das geradewegs in mein Herz gestoßen worden war. Anna hatte all das, was ich mir so sehr gewünscht hatte: einen Mann, den sie liebte, und bald ein gemeinsames Kind mit ihm.

Ich hatte nichts. Sogar noch weniger als nichts, denn durch meine Narben, die inneren sowie auch die äußeren, war ich beschädigt und kaputt. Warum sollte Clint mich überhaupt zurückhaben wollen? Ohne mich, beziehungsweise mit Anna, war er besser dran.

Am liebsten hätte ich mich zusammengerollt und wie ein kleines Kind geheult. Aber ich versuchte mich zusammenreißen, um ihr nicht zu zeigen, wie sehr mich ihre Worte getroffen hatten.

Eiskalt blickte ich sie an. »Keine Sorge, Anna, ich habe es nicht nötig, einem Mann hinterherzurennen. Er gehört ganz dir.«

Damit ließ ich sie stehen und lief zum Herd, um den Speck für das Frühstück zu braten. Doch innerlich war mein Herz gerade in tausend Teile zerbrochen.

Ich sah, wie meine Hände zitterten, während ich nach der Pfanne griff, aber ich versuchte, die Fassung zu bewahren.

Aus dem Augenwinkel bemerkte ich Bertas traurigen Blick und ich war froh, dass sie keinen Kommentar dazu abgab.

Nach dem Frühstück verbrachten Mary-Anne und ich den Tag mit den Kindern am Strand, wobei uns Anna und Jane böse Blicke zuwarfen. Ich versuchte, so gut es ging, die beiden zu ignorieren.
Da ich ziemlich an Gewicht verloren hatte, verschaffte es mir eine immense Genugtuung, den weißen Bikini zu tragen, den ich mir in London gekauft hatte. Auch wenn ich wusste, dass es armselig war, so genoss ich Annas neidvollen Blick. Sie selbst trug ein wallendes Schwangerschaftskleid, das ihre Rundungen kaschierte.
Äußerlich benahm ich mich selbstbewusst, damit die blöden Weiber nicht merkten, wie sehr es mich schmerzte, dass Clint zu Anna gehörte. Innerlich jedoch zitterte ich wie Espenlaub.
Natürlich blickten alle auf mein Brandzeichen, was mich extrem störte und nervte. Es war zwar etwas verblasst, aber man konnte es dennoch gut erkennen.

Vor allem, als Jane abfällig und laut über mich sprach, brachte es mich in Rage. »Dass sie sich nicht schämt, das Zeichen ihres Fremdgehens so zur Schau zu stellen.«

Ich war fassungslos. Das Zeichen meines Fremdgehens?! Alle im Waisenhaus wussten doch, was mir widerfahren war. Die blöde Kuh tat so, als hätte ich mich freiwillig von Ramón brandmarken lassen.

Mit einem wütenden Aufschrei sprang ich hoch.

Mary-Anne versuchte mich zu stoppen, indem sie mich am Arm packte. »Lass die doch reden, Alexandra.«

Aber ich riss mich von ihr los. In diesem Moment sah ich rot. Wutentbrannt lief ich zu diesem Miststück hinüber.

Kaum erreichte ich die beiden Frauen, erschien auch Clint auf der Bildfläche. Seine Nähe brachte mich ins Schwanken und die Worte blieben mir im Halse stecken.

Ich hatte auch keine Gelegenheit, etwas zu sagen, denn er übernahm es selbst. »Jane, wenn du Schandmaul dich gegenüber Alexandra

noch einmal respektlos verhältst, werde ich persönlich dafür sorgen, dass du den nächsten Flieger nach Hause nimmst.«
Jane wurde knallrot im Gesicht und blickte zu Boden.
Anna hingegen schien sich sichtlich zu winden, denn sie wusste ganz genau, dass die Worte von Jane weit unter der Gürtellinie gewesen waren.
Clint drehte sich mit einem mitleidigen Blick zu mir, der mich erneut auf die Palme brachte.
Doch ich hatte nicht vor, etwas zu ihm zu sagen. Er hatte jeglichen Anspruch verloren, mich zu beschützen.
Kommentarlos ließ ich ihn stehen und lief zurück zu Mary-Anne.
Sollten doch alle zum Teufel gehen!

Kapitel 43

Ich war so froh, dass ich am heutigen Abend gemeinsam mit Mary-Anne frei hatte. Wir hatten beschlossen, in eine nahegelegene Bar zu gehen.

Als ich aus dem Badezimmer kam, stieß Mary-Anne einen Pfiff aus. »Großer Gott, willst du jemanden aufreißen?«

Sie betrachtete mich mit erstauntem Blick von oben bis unten. Ich trug eine eng anliegende Jeans, die meine Rundungen umschmeichelte. Genauso brachte auch das rote Top meine Brüste extrem zur Geltung.

Ich zuckte mit den Schultern. »Ich habe es satt, die nette und biedere Alexandra zu sein. Auch wenn ich wahrscheinlich nie wieder eine Beziehung eingehen werde, so will ich heute Spaß mit meiner besten Freundin haben.«

»Du bist auch meine beste Freundin.« Sie schien gerührt.

»Wer sagt denn, dass du damit gemeint bist? Ich habe Berta eingeladen, mitzukommen«,

konterte ich.
Mary-Anne gackerte drauflos. Sie konnte vor Lachen kaum atmen. »Berta! Gott, allein schon die Vorstellung von Berta in einer Bar …«
Ich zog grinsend an ihrer Hand. »Los, lass uns gehen, Paolo wird bestimmt jeden Augenblick ankommen, um uns abzuholen.«
Gut gelaunt begaben wir uns nach draußen. Ich freute mich sehr auf den Mädels-Abend und nahm mir ganz fest vor, von jetzt an nur noch glücklich zu sein. Und ich würde heute damit anfangen, indem ich nicht mehr an die Vergangenheit denken, sondern die Zukunft genießen würde. Eine Zukunft, die nur besser werden konnte.
Wer braucht schon einen Mann!

Zwanzig Minuten später hielt Paolo an der Bar und wir stiegen gackernd aus. Er schüttelte nur den Kopf über unser Benehmen, grinste aber dabei. »Viel Spaß euch beiden. Mary-Anne, ruf mich bitte an, wenn ich euch abholen kommen soll.«
»Mach ich«, erwiderte sie und gab ihm einen

Abschiedskuss.

Ich war total aufgekratzt und genoss es, einfach mal unbeschwert zu sein. »Nun komm«, sagte ich zu Mary-Anne. »Ich will endlich etwas trinken.«

Kaum hatten wir die Bar betreten, orderte Mary-Anne Tequila für uns. Wir hatten uns soeben auf die Barhocker gesetzt, als ein Kerl neben uns auftauchte. »Hallo, ihr wunderschönen Geschöpfe, ich bin Roberto. Darf ich euch einen Drink ausgeben?«

Der Mann war um die sechzig Jahre alt, und er hätte glatt unser Vater sein können. Außerdem widerten mich seine Stummeln im Mund an.

Ich rollte mit den Augen. »Mister, wir sind überaus geschmeichelt von Ihrer netten Begrüßung, aber wir ziehen es vor, unter uns zu bleiben. Es tut mir leid, Ihre Illusionen zu rauben, aber Sie haben leider das falsche Geschlecht.«

Der Kerl glotzte mich an, als hätte ich in einer fremden Sprache gesprochen. Wohingegen Mary-Anne losprustete und fast vom Barhocker fiel. Ich griff nach meinem Glas und kippte den Tequila mit einem Schluck

hinunter. Er brannte in der Kehle, aber weckte meine Sinne. Ich fühlte mich extrem euphorisch.
Kopfschüttelnd entfernte Roberto sich wieder, während ich noch eine Runde Tequila beim Barkeeper bestellte.
Nach einer Weile – ich wusste nicht, wie viel Alkohol ich schon intus hatte – sagte ich zu Mary-Anne, dass ich ein wenig frische Luft brauchte. Alles um mich herum begann sich bereits zu drehen.
»Soll ich mitkommen?«
»Nein, brauchst du nicht, ich bin in ein paar Minuten wieder zurück. Du kannst dich ja solange mit Roberto beschäftigen, wenn du willst.«
»Haha«, meinte sie nur und verzog angewidert das Gesicht.

Sobald ich ins Freie trat, sog ich tief die klare Luft ein. Ein paar Meter weiter befand sich ein Holzzaun, an den ich mich lehnte und nach oben zu den Sternen schaute. Ich liebte dieses Land und fühlte mich hier heimisch.

Als ich Schritte hörte, erkannte ich zu meinem großen Ärger, dass Clint auf mich zulief.
Was wollte der denn hier? Hatte er gewusst, dass Mary-Anne und ich heute Abend hier waren? Bestimmt hatte ihm Paolo davon erzählt. Und außerdem, musste er nicht bei seiner schwangeren Anna sein und sie von vorn bis hinten bedienen?
Kommentarlos stellte er sich neben mich und lehnte sich ebenfalls an den Zaun.
Natürlich hatte der Zeitpunkt kommen müssen, an dem ich Clint alleine begegnen würde. Nur hatte ich nicht gedacht, dass es weitab vom Waisenhaus wäre.
Noch dazu, dass ich betrunken sein würde. Aber das half mir in diesem Moment, meine aufgestaute Wut herauszulassen. »Geh bloß weg!«, knurrte ich ihn an.
Er stieß ein Stöhnen aus. »Wir müssen endlich miteinander reden, Alexandra.«
»Nein, müssen wir nicht. Verschwinde und lass mich in Ruhe.«
Ich hatte die ganze Zeit stur auf den Boden geschaut, aber weil er nichts mehr sagte, blickte

ich zu ihm.
»Alexandra, kannst du mir wenigstens sagen, wie es dir gesundheitlich geht?« Der mitleidige Ausdruck in seinem Gesicht machte mich aggressiv.
In diesem Moment schossen alle Emotionen aus mir heraus. Ich stieß mich vom Zaun ab und baute mich vor ihm auf. »Verpiss dich einfach, Clint. Du hast das Recht verloren, dir Sorgen um meine Gesundheit zu machen!«
In meiner Wut hatte ich einen Schritt vorwärts gemacht und stieß ihn gegen die Schultern. Ich hatte jedoch nicht bedacht, dass ich ihm damit ziemlich nahe kommen würde.
Mein Gott, warum musste er so gut duften? Moschus und Leder. Jegliche Erinnerungen an ihn drängten sich in meinen Kopf. Erinnerungen an unsere verschwitzten Körper, während wir uns leidenschaftlich geliebt hatten. Sowie an seine heißen Lippen, die mich um den Verstand gebracht hatten.
Ich konnte es nur auf meinen betrunkenen Zustand schieben, denn ohne nachzudenken, schmiegte ich mich an ihn. Sein fester Körper

an meinem ließ mich aufseufzen.
Kaum berührte ich seine Lippen mit meinen, erwachte in mir eine unbändige Lust. Ich konnte keinen klaren Gedanken mehr fassen.
Sobald Clint mich heftig an sich zog und wild zu küssen begann, stöhnte ich auf. Mein Gehirn setzte völlig aus. Clint hatte es immer geschafft, meine Gefühlswelt und auch meinen Körper zu beherrschen.
Die Emotionen überwältigten mich, während ich mich genüsslich an der Beule hinter seiner Jeans rieb.
Als er keuchend den Kuss beendete, lehnte er seine Stirn an meine. »Ach, Prinzessin«, flüsterte er. »Was tust du mir nur an?«
Das brachte mich wieder zur Besinnung. Er war vergeben, verflucht noch eins!
Mir wurde schlagartig schlecht. Ich musste weg von ihm. Mit einem Ruck befreite ich mich aus seiner Umarmung.
Kaum trat ich einige Schritte zur Seite, überschlug sich mein Magen. Ich hatte nur noch die Gelegenheit, hinter einem Auto zu verschwinden, und erbrach den ganzen Tequila, den ich

getrunken hatte. Ich fing bitterlich zu weinen an. Was für ein Chaos!
Clint lief mir hinterher, als auch Mary-Anne auf der Bildfläche erschien. »Was hast du mit ihr gemacht?«, fragte sie ihn anklagend.
Er aber beachtete sie nicht und legte eine Hand auf meine Schulter. »Alexandra …«
»Geh weg!« Ich stieß ihn von mir. »Halte dich verdammt noch mal einfach nur von mir fern!«
»Clint«, mischte sich Mary-Anne ein. »Ich glaube, du solltest jetzt gehen.« Ich hatte meine Freundin noch nie so eiskalt reden gehört.
Clint erkannte, dass er auf verlorenem Posten stand, drehte sich um und verschwand in der Dunkelheit.
»Komm, Alexandra, lass uns dich ein wenig frisch machen und dann nach Hause gehen. Ich rufe sofort Paolo an.«
Ich begann zu fluchen. »Warum zum Teufel kann dieser Scheißkerl nicht aus meinem Kopf verschwinden?«
»Weil du ihn liebst«, sagte sie mit einem mitleidigen Lächeln.
Das machte mich noch wütender. »Ich will ihn

aber nicht lieben!« Wütend schlug ich mir gegen die Stirn. »Geh raus aus meinen Gedanken!«

»Lass das, Alexandra, du tust dir nur selbst weh.«

Sie griff nach meinen Händen, damit ich nicht weiterhin auf mich selbst einschlug, und zog mich weiter. Widerstandslos ließ ich mich von ihr mitschleppen. Meine Wut verpuffte, wie bei einem Ballon, aus dem man die Luft herausgelassen hatte, und ich fühlte mich nur noch erbärmlich.

Kapitel 44

Am nächsten Morgen wurde ich mit stechenden Kopfschmerzen wach. Der gestrige Vorfall stürzte auf mich ein und ich stöhnte verzagt in mein Kissen.

Hatte ich mich tatsächlich Clint an den Hals geworfen? So viel zum Thema, ich würde keinem Mann hinterherrennen.

Ich schämte mich abgrundtief für mein Benehmen. Und dennoch kribbelte mein Bauch noch immer beim Gedanken an den Kuss. Endlich konnte ich wieder etwas empfinden!

Nur hatte das ausgerechnet bei Clint sein müssen? Einem Mann, der vergeben war? Wie armselig war ich denn?

Ich stand schwerfällig aus dem Bett auf, und während ich zum Bad schlürfte, kam mir Mary-Anne entgegen.

Sie sah aus wie der frische Morgentau und grinste mich an.

Am liebsten hätte ich ihr die Zunge herausgestreckt, aber selbst das bereitete mir im

Moment zu viel Mühe. Ich brauchte jetzt dringend eine Dusche und wollte kommentarlos an ihr vorbei.
Doch sie stellte sich mir in den Weg. »Nun erzähl schon, was ist gestern passiert?«
Ich stieß ein Stöhnen aus. »Lässt du mich bitte erst einmal duschen gehen?«
»Klar.« Sie warf sich aufs Sofa und grinste. Ich rollte mit den Augen und lief ins Bad.
Ein paar Minuten später kam ich frisch geduscht wieder heraus, lief in mein Zimmer und zog die Arbeitskleidung an. Die Kopfschmerzen machten mich fertig. Ich nahm mir vor, nie wieder Alkohol zu trinken.
Kaum hatte ich mich zu Mary-Anne gesetzt, blickte sie mich eindringlich an. »Raus mit der Sprache.«
»Ich … ähm, habe Clint geküsst.« Ich schämte mich so sehr dafür und konnte Mary-Anne nicht mehr in die Augen schauen.
Sie aber begann, schallend zu lachen. »Ich nehme an, dass er den Kuss erwidert hat?«
Ich nickte.
»Und was ist dann passiert?«

Ich blickte sie verzagt an. »Na, was wohl? Mir ist klar geworden, dass er verlobt ist, und wie erbärmlich es von mir war, mich an ihn heranzuschmeißen. Wie konnte ich nur so dumm sein?«

»Na wenn, dann seid ihr beide dumm. Schließlich hat er dich auch geküsst.« Mary-Anne griff nach meiner Hand und blickte mich eindringlich an. »Glaubst du wirklich, er hat einfach aufgehört, dich zu lieben?«

»Und warum schwängert er dann Anna, nur einen Monat später? Klar doch, so sehr scheint er mich zu lieben. Nicht, dass ich lache.«

Ich wäre am liebsten in Tränen ausgebrochen, aber die Wut half mir, es nicht zu tun.

»Es ist außerdem völlig egal, Mary-Anne. Er ist verlobt und wird bald Vater werden.«

Nach meinen Worten stand ich auf und lief in mein Zimmer, um mir meine Schuhe anzuziehen. Ich hatte heute Dienst in der Küche und wollte nicht zu spät kommen.

Mary-Anne hielt mich nicht mehr auf. Was hätte sie auch sagen sollen?

Nach einem heißen Tag in der Küche hatte ich nach dem Abendessen den Abwasch erledigt und brachte gerade den Müll heraus. Ich genoss die sanfte Brise in meinem Gesicht, als ich ein paar Meter weiter hinter dem Haus zwei Gestalten erblickte.

Beim näheren Hinsehen erkannte ich, dass es sich um Anna und Juan handelte. Dem Ehemann von Sofia war ich nur ein einziges Mal begegnet, und zwar, als er eines Abends Sofia von der Krankenstation abgeholt hatte. Er arbeitete nicht im Waisenhaus, sondern bei einem Juwelier in der Stadt. Dort, wo die beiden auch wohnten.

Was aber hatte er mit Anna zu schaffen? Offenbar stritten sie sich, wie ich an ihrer Körpersprache erkennen konnte.

Ich trat näher heran, immer darauf bedacht, im Schatten zu bleiben, damit sie mich nicht bemerkten. Es machte mich schon neugierig, was die beiden zu bereden hatten. Sie sprachen auf Spanisch miteinander.

»Ich liebe dich, Anna, und ertrage es nicht mehr, dich ständig mit ihm zu sehen. Noch dazu, dass er stolz wie ein Gockel über mein Kind spricht.«

»Clint ist ein guter Mann, der mir hilft, damit das Kind in mir nicht als Bastard eines verheirateten Mannes auf die Welt kommt.«

»Aber er liebt dich nicht, Anna!«, rief er aus.

»Hättest du deiner Frau reinen Wein eingeschenkt und dich von ihr getrennt, dann hätten wir zusammen sein können. Und ich hätte mich nicht mit ihm verloben müssen«, zischte sie wütend.

Wie bitte? Anna war nicht schwanger von Clint, sondern von Juan? Ich war fassungslos! Das würde ja bedeuten, dass Clint nie mit Anna geschlafen hatte – oder doch?

Ich war vollkommen verwirrt.

Doch eine plötzliche Bewegung von Juan riss mich aus meinen Überlegungen. Er griff grob nach Annas Oberarm. »Lässt du dich etwa von dem Kerl ficken? Jetzt, wo ihr verlobt seid, kann er wohl nicht die Finger von dir lassen.«

»Nein, Juan, so ist das nicht. Hör auf, du tust mir weh!«

Als Juan begann, sie zu schütteln und zu

beleidigen, spürte ich plötzlich eine Veränderung in mir, so als würde sich ein Schalter umlegen.

In meinem Kopf vermischten sich die Ereignisse von damals mit dem aggressiven Verhalten von Juan. Genauso hatte ich die verzerrte Fratze von Ramón in meinem Kopf.

Mit einem Aufschrei rannte ich los. Ich sah rot. Nie wieder sollte jemandem solch ein Leid zugefügt werden! Niemals durfte ich zulassen, dass ein Mann Hand an eine unschuldige Frau legte! Ich musste sie beschützen.

Als ich einen Spaten, der an der Wand lehnte, erblickte, schnappte ich ihn mir und hob meine Arme.

»Lass sie los, du Schwein!« Voller Rage ließ ich den Spaten niedersausen. Ich hörte einen dumpfen Ton, als die Schaufel auf seinen Kopf traf.

Blut, überall Blut! Ich hörte jemanden schreien, aber wusste nicht, wen. War ich das etwa?

Als mich jemand an den Schultern packte, kam ich benommen zu mir.

»Clint?«, fragte ich verwirrt. Wo war der denn

so plötzlich hergekommen?
Mein Blick fiel auf eine Gestalt, die am Boden lag und aus dem Kopf blutete.
Oh, mein Gott, habe ich Juan etwa umgebracht?

Kapitel 45

Anna warf sich schluchzend auf den Boden. »Juan!«
Nachdem er ein Stöhnen ausgestoßen hatte, begann er sich zu regen und versuchte sich aufzusetzen. Ich spürte eine gewaltige Erleichterung in mir. Wie hätte ich damit leben können, wenn ich einen Menschen umgebracht hätte?
»Juan, bleib bitte liegen, mein Herz«, appellierte Anna. »Alles wird wieder gut.«
Clint kniete sich auf die andere Seite. »Beweg dich nicht. Ich hole Hilfe.«
Benommen strich sich Juan über die Stirn und bemerkte das Blut an seiner Hand. Er schien orientierungslos, stöhnte nochmals und seine Augen fielen ihm wieder zu.
Anna vergrub ihr Gesicht an seiner Brust. Sie jammerte und heulte lautstark, was in meinen Ohren schmerzte.
Ich selbst hatte mich nicht bewegt und

beobachtete das Geschehen, als stünde ich neben mir. In diesem Moment spürte ich den Stiel des Spatens in meiner Hand, den ich noch immer festhielt. Erschrocken ließ ich ihn fallen. Ich hatte noch nie in meinem Leben jemanden absichtlich verletzt. Mir wurde ganz schlecht.

In diesem Augenblick kam eine aufgebrachte Berta angerannt. »Was ist hier los?« Scheinbar hatte sie den Krach, den Anna machte, von dem offenen Küchenfenster aus gehört.

Clint stand auf und blickte sie ernst an. »Berta, ruf bitte Sofia an, sie soll sofort hierherkommen. Und auch einen Krankenwagen.«

Berta stellte keine weiteren Fragen, sie erkannte den Ernst der Lage und lief los.

Offenbar hatte Anna sich wieder einigermaßen gefasst und schaute ängstlich hoch. Sie begriff wahrscheinlich auch, dass ihr Geheimnis nun ans Licht kommen würde, sobald Sofia hier erschien.

Plötzlich blickte sie zu mir. Der Hass in ihren Augen bescherte mir eine Gänsehaut. »Du bist schuld an allem! Hätte dich Ramón doch bloß umgebracht!«

Mir war es, als hätte ich eine Ohrfeige bekommen, und ich trat keuchend einen Schritt zurück.
Clint griff grob nach Annas Oberarm und zog sie hoch. »Bist du verrückt geworden?«
Annas Augen weiteten sich vor Angst, als in diesem Moment Berta, gemeinsam mit Sofia und Mary-Anne, erschien.
Sofort eilte Sofia an die Seite ihres Mannes. »Juan! Juan, kannst du mich hören?«
Er stieß nur ein langgezogenes Stöhnen aus, sodass Sofia fragend zu uns hochschaute. »Was ist passiert?«
Als alle Umstehenden mich fragend anschauten, wusste ich im ersten Moment nicht, was ich sagen sollte. Konnte ich im Beisein von Sofia die Wahrheit erzählen?
Die beiden Sanitäter, die plötzlich mit einer Krankentrage erschienen, retteten mich vor einer Antwort. Aber nicht lange, denn sie wollten ebenfalls wissen, was geschehen war, während sie den verletzten Juan auf die Trage hievten.
Schlagartig kam Wut in mir auf. Ich hatte Anna

nur beistehen wollen und wurde hier an den Pranger gestellt?

Nicht ich war es, die hier die Schuld trug, und mein Groll entlud sich über Anna. »Du verlogenes Miststück!«, schrie ich sie an, sodass mich alle bestürzt anschauten. »Hättest du dich nicht an einen verheirateten Mann herangemacht und wärst von ihm geschwängert worden, dann wäre all das hier nie geschehen! Als er handgreiflich geworden ist, habe ich dich lediglich vor ihm beschützt. Und das ist jetzt der Dank dafür?«

Am liebsten hätte ich ihr noch mehr Beleidigungen an den Kopf geworfen, aber das entsetzte »Was?« von Sofia hielt mich davon ab. Die arme Frau hatte auf diese Weise die Wahrheit über ihren betrügerischen Ehemann erfahren müssen und das tat mir unendlich leid.

»Wir bringen ihn jetzt ins Krankenhaus«, mischte sich einer der Sanitäter ein. »Will jemand mitkommen?«

Sofia war schnell an seiner Seite. »Ja, ich. Ich möchte sichergehen, dass er keine Gehirnerschütterung hat.«

Während die drei mit der Trage in der Dunkelheit verschwanden, standen wir übrigen noch immer wie versteinert dort.
Berta war die Erste, die das Wort ergriff. »Kommt, lasst uns in die Küche gehen und ein wenig zur Ruhe kommen.«
In diesem Moment begann ich, unkontrolliert zu zittern, und Mary-Anne eilte an meine Seite. Sie legte ihren Arm um meine Schulter und gemeinsam machten wir uns auf den Weg zum Haupthaus.
Während Mary-Anne mich ein paar Minuten später zum Küchentisch führte, damit ich Platz nahm, überreichte sie mir eine Tasse Tee und setzte sie sich neben mich.
Ich hielt es ihr zugute, dass sie mir keine Fragen stellte. Womöglich war sie ebenso erschüttert über die ganzen Geschehnisse.
Berta ließ sich auf meiner anderen Seite nieder und blickte grimmig zu Anna, die gegenüber von mir saß und schniefte. Ich hatte kein Mitleid mit ihr, denn sie hatte Sofia aufs Übelste hintergangen. Und in ihrer Boshaftigkeit war sie auch auf mich losgegangen.

Meine Gedanken jedoch waren bei Sofia, die auf die schlimmste Art und Weise vom Verrat der beiden hatte erfahren müssen. Trotz allem war sie sogar mit ihrem verlogenen Ehemann zum Krankenhaus gefahren. Daran erkannte ich wieder, was für eine mitfühlende Frau Sofia war. Denn ich hätte das definitiv nicht getan.

Genauso war ich auch enttäuscht von Clint. Der Verrat, den er an Sofia begangen hatte, wog in meinen Augen viel schwerer. Schließlich kannten die beiden sich so viele Jahre und waren befreundet.

Ich schaute zu ihm hinüber, wie er mit versteinertem Gesicht am Kühlschrank lehnte und an seiner Tasse nippte. Er bemerkte meinen Blick.

»Ich habe es nicht gewusst, Alexandra.«

Anscheinend waren mir meine Emotionen am Gesicht abzulesen gewesen, aber ich stieß nur ein Schnauben aus und nahm den Blick wieder von ihm. Ich konnte seinen Anblick im Moment nicht ertragen.

Nun mischte sich Anna ebenfalls ein. »Das stimmt, Alexandra. Ich habe Clint erzählt, dass ich von einer flüchtigen Affäre mit einem verheirateten Mann schwanger wäre. Er hat nicht gewusst, dass Juan der Vater ist.« Plötzlich war sie ziemlich kleinlaut.

»Du hältst lieber mal deine Schnauze«, maulte Mary-Anne sie an. »Nur wegen dir ist das doch alles passiert. Sich auch noch hinzustellen und Alexandra permanent zu schikanieren, ist das Allerletzte. Außerdem finde ich, dass du hier nichts mehr zu suchen hast und …«

»Mary-Anne«, sagte ich erschöpft. »Bitte hör auf. Das bringt uns jetzt auch nicht weiter.«

»Genau«, mischte sich Berta ein. »Am besten gehen wir alle jetzt erst einmal zu Bett. Es war ein langer Tag.« Sie erhob sich und lief zur Tür. Mary-Anne sprang ebenfalls hoch. »Komm, Alexandra, lass uns gehen.« Und mit einem Seitenhieb gegen Anna meinte sie: »Hier stinkt es mir viel zu sehr nach Nutten-Parfum.«

Ich musste trotz der Situation schmunzeln. Das war so typisch für Mary-Anne, ihre Gedanken lautstark hinauszuposaunen.

Während ich gemeinsam mit Mary-Anne zu unserem Bungalow lief, hörte ich Clint nach

mir rufen. Ich blieb jedoch nicht stehen, denn ich musste mir erst Klarheit über meine eigenen Gefühle verschaffen.
Konnte ich nach alldem, was geschehen war, Clint noch vertrauen? Wollte ich überhaupt noch mit ihm zusammen sein?
Mit einem tiefen Seufzen entschied ich mich, erst einmal eine Nacht drüber zu schlafen und dann eine Entscheidung zu fällen. Im Moment war ich dazu viel zu verwirrt und erschöpft.

Kapitel 46

Ein paar Tage später befand ich mich im Zimmer der Kleinkinder. Außer Hope waren noch zwei weitere Knirpse hier untergebracht. Maria kümmerte sich die meiste Zeit um die Kleinen.

Während ich mit Hope auf dem Boden saß und wir mit den Bauklötzen spielten – sie konnte mittlerweile schon selbstständig sitzen –, wanderten meine Gedanken zu Sofia.

Sie hatte sich einige Tage frei genommen, um den Umzug hierher zu organisieren. Es tat mir in der Seele weh, dass eine so gütige Frau dermaßen viel hatte durchmachen müssen. Und das alles wegen ihres miesen Ehemannes.

Mary-Anne war bei Paolo eingezogen und Sofia würde somit in Zukunft mit mir zusammenwohnen.

Anna hatte ihre Sachen gepackt und war nach Mexiko-City zu ihren Eltern gefahren. Ich würde sie wahrlich nicht vermissen. Sie hatte sich von Juan getrennt, der nun keine der

beiden Frauen mehr an seiner Seite hatte. Geschah ihm recht.
Die Lehramtsstelle war von einem Freund Paolos besetzt worden, der gemeinsam mit seiner Frau die Kinder unterrichtete. Carmen und Pietro waren zwei sehr liebevolle Menschen, die zudem einfühlsam den Kindern gegenüber waren. Kein Vergleich zu der arroganten Anna Sienna.
Clint ging ich aus dem Weg. Er hatte in den letzten Tagen oft versucht, mit mir zu reden, aber ich hatte ihn immer abgeblockt. Ich war noch nicht bereit, mich mit ihm auseinanderzusetzen. Zu viel war geschehen. Doch trotz allem liebte ich ihn immer noch. Meine Gefühle für ihn konnte ich vor mir selbst nicht leugnen.
Ich schaute zu Hope und musste grinsen. Anstatt einen Turm zu bauen, kaute sie auf einem der Bauklötze herum. »Süße, guck mal, so macht man das.«
Ich zeigte es ihr, während sie mich mit interessierten Augen beobachtete. Sie selbst versuchte, zwei Holzstücke zu stapeln, und als sie es geschafft hatte, lächelte sie mich an.

»Das hast du toll gemacht, Hope.« Dabei klatschte ich in die Hände und sie tat es mir kichernd nach. Mein Herz ging auf und mir wurde wieder einmal bewusst, wie sehr ich die Kleine vergötterte.

Mein Blick fiel auf eine Bewegung an der offen stehenden Tür.

»Was willst du hier?«, fragte ich Clint nicht sehr freundlich.

»Wir müssen endlich miteinander reden.«

»Ich habe dir nichts zu sagen.«

»Dann werde nur ich reden. Bitte, Prinzessin.«

Der flehende Blick, den er mir zuwarf, und der Kosename brachten mich ins Wanken.

»Na gut«, meinte ich ergeben. Ich gab Hope einen Kuss auf die Wange und stand auf. »Bis später, mein süßer Engel.«

Sie kaute wieder an dem Bauklotz herum, was mich zum Schmunzeln brachte. Ich verabschiedete mich von Maria und lief Clint hinterher.

Ein paar Minuten später erreichten wir die Bucht, wobei Clint auf einem umgefallenen Baumstamm Platz nahm. Er schaute mich

bittend an und ich setzte mich notgedrungen neben ihn.
Ich betrachtete die wundervolle Umgebung. Die sanften Wellen hatten eine beruhigende Wirkung auf mich. Ebenso der salzige Duft des Meeres und die warme Brise, die zu mir herüberwehte. Aber dennoch umhüllte Clints so markanter Duft meine Sinne.
Ich blickte stur geradeaus, um ihn nicht ansehen zu müssen. Sobald ich in seine wundervollen, blauen Augen schaute, so wusste ich, würde ich schwach werden. Erst wollte ich hören, was er mir zu sagen hatte.
Nach einem Räuspern begann er zu sprechen. »Als du gegangen bist, hast du mir das Herz gebrochen. Ich hätte nie für möglich gehalten, dass es mich dermaßen aus der Bahn werfen könnte. Nur Jolandas Tod ist so furchtbar gewesen wie dein Weggang. Ich will dir damit keine Gewissensbisse bereiten, Alexandra, sondern dir zu verstehen geben, wie leer ich mich plötzlich gefühlt habe.«
Ich spürte seine Hand auf meiner und schaute ihn an. Der Schmerz, den ich in seinen Augen

sehen konnte, tat mir weh.
Er entfernte seine Finger wieder und schaute zum Horizont. »Ich verlor jegliche Kontrolle, begann zu trinken und ließ meinen Frust an jedem aus, der mir in die Quere kam. Erst als Paolo mich eines Abends betrunken in den Ställen vorfand, verlangte er von mir, endlich mit ihm zu bereden, was mich belastete. Ich aber wollte und konnte mit keinem über dich sprechen.«
Clint schaute mich eindringlich an. »Was hätte ich denn sagen sollen? Dass ich bei dir sein wollte in dieser schweren Zeit? Dass ich Angst um dich hatte, weil ich nicht wusste, ob du in London Hilfe hattest? Ich war am Ende und ließ meine ganze Aggression an Paolo aus. Die Situation eskalierte und es kam zu einer handfesten Auseinandersetzung, bei der er mir seine Faust ins Gesicht rammte.« Clint stieß ein humorloses Lachen aus. »Aber das war es, was mich letztendlich zur Besinnung brachte. Am nächsten Tag beschoss ich, dir nachzureisen. Ich buchte ein Flugticket nach London.«
Als mir ein überraschtes Keuchen entfuhr,

blickte er mich traurig an. »Leider bin ich nie in den Flieger gestiegen, denn Anna kam am Tag der Abreise völlig aufgelöst zu mir und bat mich um Hilfe. Ich wusste wirklich nicht, dass Juan der Vater des Kindes war, Alexandra, das musst du mir glauben.«

Er blickte mich so verzweifelt an, dass ich einen Kloß im Hals bekam und ihm lediglich zunicken konnte.

Mit einem Seufzen sprach er weiter. »Ich hielt es für einen Wink des Schicksals. Ich sollte einfach nicht mit der Liebe meines Lebens zusammen sein. Dennoch konnte ich Anna helfen, indem ich sie und das Kind beschützte. Ich bildete mir ein, dass es so am besten wäre.«

Mein Herz hämmerte heftig gegen meinen Brustkorb, beim Gedanken daran, dass Clint nach London gekommen wäre. Wenn dieses Miststück Anna nicht seine Gutmütigkeit ausgenutzt hätte.

Mir traten Tränen in die Augen, wegen alldem, was hätte sein können. Ich wäre bestimmt viel eher nach Mexiko zurückgekehrt, oder nicht?

Clint stieß ein Seufzen aus. »Gott, in dem

Moment, als du wiederkamst, dachte ich, mein Herz würde aussetzen. Dich jeden Tag zu sehen und nicht haben zu können, machte mich ganz fertig. Aber ich hatte Anna meine Hilfe zugesagt und es gab kein Zurück mehr.« Clint blickte zu Boden und sagte nichts mehr.

Ich selbst war extrem verwirrt und musste erst einmal das Gehörte verarbeiten.

Ich stand auf. »Lass mir bitte noch etwas Zeit, Clint. Das alles war in den letzten Wochen und Monaten zu viel für mich.«

»Ich gebe dir alle Zeit der Welt, Prinzessin. Nur bitte entferne dich nicht wieder emotional von mir. Ich liebe dich.«

Ich nickte ihm lediglich zu, denn ich konnte ihm nicht meine Liebe gestehen. Noch nicht.

Während ich zum Ufer lief, nahm ich mir vor, am Strand entlang zu spazieren, um meinen Kopf freizubekommen. Das würde mir bestimmt helfen, eine Entscheidung zu treffen.

Kapitel 47

Mit heftig schlagendem Herzen stand ich noch am selben Abend vor Clints Bungalowtür. Ich hatte das Kleid angezogen, das er mir gekauft hatte, und war unheimlich nervös.
Kaum hatte ich angeklopft, öffnete sich nur Sekunden später die Tür, als hätte Clint dahinter auf mich gewartet. Seine Augen glänzten, als er das Kleid bemerkte. Er musterte mich von oben bis unten. In meinem Bauch kribbelte es vor Aufregung.
Wortlos ließ er mich eintreten und ich hörte, wie hinter mir die Tür ins Schloss fiel.
Sobald ich den Wohnraum erreichte, schaute ich zu dem Gemälde von Jolanda und hatte plötzlich den aberwitzigen Gedanken, dass sie uns ihren Segen gab.
Mit einem Lächeln drehte ich mich zu ihm. »Clint, ich möchte nicht mehr an die Vergangenheit denken, denn die Gegenwart ist viel zu kostbar. Genauso auch unsere Zukunft, in der ich ohne dich nicht sein möchte. Ich liebe dich

so sehr, dass mir der Atem stockt.«

Ich quiekte vor Überraschung, als er mich plötzlich in seine Arme zog. Er küsste mich mit einer Leidenschaft, die mich berauschte. Sobald sich unsere Zungen berührten, küsste ich ihn mit einer Wildheit zurück, die mich selbst überraschte. Sein fester Körper an meinem und die keuchenden Geräusche, die er ausstieß, machten mich extrem an.

Nach einer Weile beendete er den Kuss und blickte mich fragend an. »Bist du dir ganz sicher, Alexandra? Wir können auch warten, wenn …«

»Nein«, unterbrach ich ihn. »Heute beginnt unsere neue Zukunft.«

Mit einem Knurren wie das eines Wolfes hob er mich in seine Arme und trug mich ins Schlafzimmer.

Dort legte er mich aufs Bett und setzte sich neben mich. Er sah mich mit einer Zärtlichkeit an, die mich sehr rührte.

Er öffnete das Band des Kleides, sodass der Stoff auseinanderklaffte. Begehrlich betrachtete er meinen Körper, als würde er sich alles einprägen wollen. »Du bist so wunderschön, meine Prinzessin.«

Ich hatte mir extra zum Kleid passende, smaragdgrüne Spitzen-Unterwäsche gekauft und freute mich, dass ich ihm darin gefiel.

Sanft legte ich meine Hand an seine Wange. »Bitte halte dich nicht zurück, Clint. Ich will dich pur, echt und leidenschaftlich. Und zwar jetzt sofort.«

Hastig befreite ich mich von meiner Kleidung, während Clint sich erhob und ebenfalls auszog. Sobald wir beide nackt waren, griff Clint in die obere Schublade des Nachtschränkchens und holte die Kondompackung heraus.

»Wie viele sind denn noch drin?«, fragte ich halb im Scherz, obwohl ich mich insgeheim vor der Antwort fürchtete.

»Immer noch neunundneunzig.« Er schaute mich vorwurfsvoll an. »Hältst du so wenig von mir?«

»Nein, ich ähm …« Gott, war mir das peinlich! Doch Clint lachte schallend los und legte sich auf mich. »Dafür, dass du mir nicht vertraust, werde ich dich jetzt ein wenig bestrafen. So lange, bis du keinen klaren Gedanken mehr fassen kannst.«

»Oh ja, bitte bestrafe mich«, stöhnte ich, denn sein heißer und fester Körper auf mir berauschte meine Sinne.

Unendlich sanft begann er, an meinem Hals Küsschen zu verteilen, sodass ich eine Gänsehaut bekam. Die Reibung seines Oberkörpers an meinen Brüsten machte mich extrem an. Ich drückte mich ihm entgegen, wollte ihm zu verstehen geben, dass ich mehr wollte.

Schmunzelnd beugte er sich hinab und widmete sich züngelnd meinen Brustwarzen. Sanft knabberte er daran und reizte sie ins Unermessliche. Ich wand mich unruhig, denn ich wollte beileibe viel mehr.

Als ich ein frustriertes Stöhnen ausstieß, zeigte er endlich Erbarmen. Er rutschte ein wenig zur Seite und schlüpfte mit einem Finger zwischen meine Schamlippen. »So feucht und so heiß ist meine Prinzessin für mich«, flüsterte er.

Ich konnte nichts darauf erwidern, denn die kreisenden Bewegungen seines Fingers an meinem Kitzler brachten mich um den

Verstand.
Ich stöhnte meine Lust hinaus. Als er immer schneller über meine Perle rieb, wimmerte ich hemmungslos. Ich spürte, wie ich zu zucken begann und schrie laut meinen Orgasmus hinaus. So schnell war ich noch nie gekommen. Mein keuchender Atem hallte im Raum wider. Clint grinste mich an. »Nun kommt Runde zwei. Mal schauen, wie viele du aushältst.«
Während ich ihn dabei beobachtete, wie er sich zwischen meinen Beinen platzierte, fiel sein Blick auf das Brandzeichen an meinem Oberschenkel und er zuckte zusammen. Ich ahnte, wie sehr ihn das Mal und alles, was damit in Zusammenhang stand, belasteten.
Ich beugte mich zu ihm und legte meine Hand unter sein Kinn, sodass er mich ansehen musste. Seine Augen waren traurig auf mich gerichtet, aber ich wollte nicht, dass die Stimmung kippte.
»Clint, die Geschehnisse in der Vergangenheit machen uns zu den Menschen, die wir sind. Heute macht es mir keine Angst mehr, das Brandzeichen anzusehen, denn es hat mich

zwar verletzt, aber nicht vernichtet.«
»Was bist du nur für eine außergewöhnliche Frau, Alexandra?« Die Rührung stand ihm ins Gesicht geschrieben.
Unvermittelt senkte er den Kopf und leckte der Länge nach über meine empfindliche Stelle. Ich bäumte mich stöhnend auf und drückte mich seinem Mund entgegen. Er wusste seine Zunge gekonnt einzusetzen, sodass ich schon nach kürzester Zeit spürte, wie sich mein nächster Höhepunkt anbahnte.
Ich wusste im Nachhinein nicht mehr, wie oft ich gekommen war, denn ich sah regelrecht Sternchen. »Clint, bitte, ich kann nicht mehr!«
»Hast du etwa schon genug?« Ich hörte in seiner Stimme einen befriedigten Unterton und musste schmunzeln.
Rasch erhob er sich und griff nach einem Kondom. Kaum, dass er es übergestreift hatte, spreizte er meine Beine und legte sie über seine Schultern. Die Heftigkeit, mit der er in mich stieß, ließ uns beide aufschreien.
Immer schneller und wilder pumpte er in mich, während ich keinen klaren Gedanken

mehr fassen konnte.
Ich krallte mich an seinem Hintern fest, während ich spürte, dass eine heiße Welle meinen Körper überschwemmte. Ich schrie meinen Höhepunkt hinaus, ehe ich gleichzeitig Clints Aufbrüllen hörte.
Sein Schwanz zuckte in mir, während er mich mit glänzenden Augen ehrfürchtig anblickte. »Gott, Alexandra, meine Prinzessin, meine zukünftige Ehefrau, ich liebe dich!«

Ich lag verschwitzt auf ihm, und erst als ich mich langsam beruhigt hatte, wurde mir bewusst, was er zu mir gesagt hatte. Ich hob meinen Kopf und blickte ihn verdutzt an. »Sag mal, war das etwa gerade ein Heiratsantrag?«
Er wurde rot. »Ähm, ja … Ich will dich selbstverständlich zu einer ehrbaren Frau machen.«
»Clint, du bist unmöglich! Was soll ich denn unseren zukünftigen Kindern erzählen, wenn sie mich nach deinem Heiratsantrag fragen?«, jammerte ich.
»Du kannst Hope später erzählen, dass ich mich in ihrem Beisein in dich verliebt habe.

Wir werden ihr erzählen, dass du mich mit deiner lieblichen Singstimme verzaubert hast.« Er grinste, aber ich richtete mich auf und blickte ihn mit großen Augen an.
»Hope? Du meinst …?« Ich konnte nicht mehr weitersprechen, weil mich meine Gefühle überwältigten.
Clint richtete sich ebenfalls auf und griff nach meiner Hand. »Ja, mein Herz, willst du mich heiraten und die Mutter von Hope und unserer zukünftigen Kinder werden?«
»Ja! Ja! Ja!«, schrie ich und warf mich jauchzend in seine Arme. In diesem Moment machte Clint mich zur glücklichsten Frau auf Erden.

- ENDE -

Danksagung

Meine lieben Leser, ich danke euch für den legalen Kauf meines Buches. Ich hoffe, euch auch dieses Mal gut unterhalten zu haben, und würde mich über eine Rezension sehr freuen.

Bezüglich der Geschichte möchte ich anmerken, dass alle Orte und Namen frei erfunden sind. Es gibt kein Waisenhaus in Mexiko mit dem Namen *Paradise* (oder vielleicht doch? Ich weiß es nicht) und auch keine Ortschaft, die sich Perida nennt.

Natürlich weiß ich auch, dass Frauen, denen etwas so Schreckliches wie Alexandra widerfahren ist, nicht so schnell wieder mit einem Mann intim werden können und vielleicht Jahre brauchen, um alles zu verarbeiten. Dennoch wollte ich die Geschichte genau so schreiben.

Und vergesst bitte nicht, alle meine Romane sind fiktive Geschichten. Das ist es doch, warum wir gerne lesen, oder nicht? Um der Realität zu entfliehen.

Ich verabschiede mich von euch und sende euch ganz liebe Grüße aus Berlin.

Eure

Rose

30436384R00211

Printed in Poland
by Amazon Fulfillment
Poland Sp. z o.o., Wrocław